CME

3rd Edition

Textbook 課本

繁體版

CHINESE Made Easy

輕鬆學漢語

Yamin Ma

Xinying Li

Joint Publishing (H.K.) Co., Ltd.

三聯書店（香港）有限公司

Chinese Made Easy (*Textbook 4*) *(Traditional Character Version)*

Yamin Ma, Xinying Li

Editor   Shang Xiaomeng, Zhao Jiang
Art design   Arthur Y. Wang, Yamin Ma
Cover design   Arthur Y. Wang, Zhong Wenjun
Graphic design   Arthur Y. Wang, Zhong Wenjun, Wu Guanman
Typeset   Chen Xianying

Published by
JOINT PUBLISHING (H.K.) CO., LTD.
20/F., North Point Industrial Building,
499 King's Road, North Point, Hong Kong

Distributed by
SUP PUBLISHING LOGISTICS (H.K.) LTD.
16/F., 220-248 Texaco Road, Tsuen Wan, N.T., Hong Kong

First published August 2003
Second edition, first impression, November 2006
Third edition, first impression, October 2015
Third edition, sixth impression, August 2024

Copyright ©2003, 2006, 2015 Joint Publishing (H.K.) Co., Ltd.

Photo credits
(Below photo-numbers only ©2015 Microfotos)
pp.4, 6, 21, 29, 30, 42, 52, 53, 59, 60, 61, 65, 66, 70, 73, 82, 89, 90, 94, 97, 101, 102, 104, 106, 109, 118, 119, 121, 129, 130, 133, 137, 142.

E-mail:publish@jointpublishing.com

輕鬆學漢語 （課本四）（繁體版）

編　　著　　馬亞敏　李欣穎

責任編輯　　尚小萌　趙　江
美術策劃　　王　宇　馬亞敏
封面設計　　王　宇　鍾文君
版式設計　　王　宇　鍾文君　吳冠曼
排　　版　　陳先英
出　　版　　三聯書店（香港）有限公司
　　　　　　香港北角英皇道 499 號北角工業大廈 20 樓
發　　行　　香港聯合書刊物流有限公司
　　　　　　香港新界荃灣德士古道 220-248 號 16 樓
印　　刷　　中華商務彩色印刷有限公司
　　　　　　香港新界大埔汀麗路 36 號 14 字樓
版　　次　　2003 年 8 月香港第一版第一次印刷
　　　　　　2006 年 11 月香港第二版第一次印刷
　　　　　　2015 年 10 月香港第三版第一次印刷
　　　　　　2024 年 8 月香港第三版第六次印刷
規　　格　　大 16 開（210×280mm）156 面
國際書號　　ISBN 978-962-04-3701-4

© 2003, 2006, 2015 三聯書店（香港）有限公司
本書部分照片 © 2015 微圖

- 《輕鬆學漢語》系列（第三版）是一套專門為漢語作為外語／第二語言學習者編寫的國際漢語教材，主要適合小學高年級學生、中學生使用，同時也適合大學生使用。

- 本套教材旨在幫助學生奠定扎實的漢語基礎；培養學生在現實生活中運用準確、得體的語言，有邏輯、有條理地表達思想和觀點。這個目標是通過語言、話題和文化的自然結合，從詞彙、語法等漢語知識的學習及聽、說、讀、寫四項語言交際技能的訓練兩個方面來達到的。

- 本套教材遵循漢語的內在規律。其教學體系的設計是開放式的，教師可以採用多種教學方法，包括交際法和任務教學法。

- 本套教材共七冊，分為兩個階段：第一冊至第四冊是第一階段，第五冊至第七冊是第二階段。第一冊至第四冊課本和練習冊是分開的，而第五冊至第七冊課本和練習冊合併為一本。

- 本套教材包括：課本、練習冊、教師用書、詞卡、圖卡、補充練習、閱讀材料和電子教學資源。

- The third edition of "Chinese Made Easy" is written for primary 5 or 6 students and secondary school and university students who are learning Chinese as a foreign/second language.

- The primary goal of the 3rd edition is to help students establish a solid foundation of vocabulary, grammar, knowledge of Chinese and communication skills through natural and graduate integration of language, content and culture. The simultaneous development of listening, speaking, reading and writing is especially emphasized. The aim is to help students develop skills to communicate in Chinese in authentic contexts and express their viewpoints appropriately, precisely, logically and coherently.

- The unique characteristic of the 3rd edition is that the programme allows the teacher to use a combination of various effective teaching approaches, including the Communicative Approach and the task-based approach, while taking into account the Chinese language system.

- The 3rd edition consists of seven books and in two stages. The first stage consists of books 1 through 4 (the textbook and the workbook are separate), and the second stage consists of books 5 through 7 (the textbook and the workbook are combined).

- The "Chinese Made Easy" series includes Textbook, Workbook, Teacher's book, word cards, picture cards, additional exercises, reading materials and digital resources.

課程設計

教材內容

- 課本綜合培養學生的聽、說、讀、寫技能，提高他們的漢語表達能力和學習興趣。

- 練習冊是配合課本編寫的，側重學生閱讀和寫作能力的培養。其中的閱讀短文也可以用作寫作範文。

- 教師用書為教師提供了具體的教學建議、課本和練習冊的練習答案以及單元測試卷。

- 閱讀材料題材豐富、原汁原味，旨在培養學生的語感，加深學生對中國社會和中國文化的瞭解。

DESIGN OF THE SERIES

The series includes

- The textbook is designed to help students develop the four language skills simultaneously: listening, speaking, reading and writing. The textbook plays an important role in helping students develop their communication skills and enhance their interest in learning Chinese.

- In order to support the textbook, the workbook is designed to help the students develop their reading and writing skills. Engaging reading passages also serve as exemplar essays.

- The Teacher's Book provides suggestions on how to use the series, answers to exercises and end of unit tests.

- Authentic reading materials that cover a wide range of subjects help the students develop a feel for Chinese, while deepening their understanding of contemporary China and the Chinese culture.

教材特色

- 考慮到社會的發展、漢語學習者的需求以及教學方法的變化，本套教材對第二版內容做了更新和優化。

◇ 課文的主題是參考 IGCSE 考試、AP 考試、IB 考試等最新考試大綱的相關要求而定的。課文題材更加貼近學生生活。課文體裁更加豐富多樣。

◇ 生詞的選擇參考了 IGCSE 考試、IB 考試及 HSK 等考試大綱的詞彙表。所選生詞使用頻率高、組詞能力強，且更符合學生的交際及應試需求。此外還吸收了部分由社會的發展而產生的新詞。

- 語音、詞彙、語法、漢字教學都遵循了漢語的內在規律和語言的學習規律。

◇ 語音練習貫穿始終。每課的生詞、課文、韻律詩、聽力練習都配有錄音，學生可以聆聽、模仿。拼音在初級階段伴隨漢字一起出現。隨着學生漢語水平的提高，拼音逐漸減少。

◇ 通過實際情景教授常用的口語和書面語詞彙。兼顧字義解釋生詞意思，利用固定搭配講解生詞用法，方便學生理解、使用。生詞在課本中多次復現，以鞏固、提高學習效果。

◇ 強調系統學習語法的重要性。語法講解簡明直觀。語法練習配有大量圖片，讓學生在模擬真實的情景中理解和掌握語法。

◇ 注重基本筆劃、筆順、漢字結構、偏旁部首的教學，讓學生循序漸進地暸解漢字構成。練習冊中有漢字練習，幫學生鞏固所學。

- 全面培養聽、說、讀、寫技能，特別是口語和書面表達能力。

◇ 由聽力入手導入課文。

◇ 設計了多樣有趣的口語練習，如問答、會話、採訪、調查、報告等。

The characteristics of the series

- Since the 2nd edition, "Chinese Made Easy" has evolved to take into account social development needs, learning needs and advances in foreign language teaching methodology.

◇ Varied and relevant topics have been chosen with reference to the latest syllabus requirements of: IGCSE Chinese examinations in the UK, AP Chinese exams in the US, and Language B Chinese exams from the IBO. The content of the texts are varied and relevant to students and different styles of texts are used in this series.

◇ In order to meet the needs of students' communication in Chinese and prepare them for the exams, the vocabulary chosen for this series is not only frequently used but also has the capacity to form new phrases. The core vocabulary of the syllabus of IGCSE Chinese exams, IB Chinese exams and the prescribed vocabulary list for HSK exams has been carefully considered. New vocabulary and expressions that have appeared recently due to language evolution have also been included.

- The teaching of pronunciation, vocabulary, grammar and characters respects the unique Chinese language system and the way Chinese is learned.

◇ Audio recordings of new words, texts, rhymes and listening exercises are available for students to listen and imitate with a view to improving pronunciation. Pinyin appears on top of characters at an early stage and is gradually removed as the student gains confidence.

◇ Vocabulary used in practical situations in both oral and written form is taught within authentic contexts. In order for the students to better understand and correctly apply new words, the relevant meaning of each character is introduced. The fixed phrases and idioms are learned through sample sentences. Vocabulary that appears in earlier books is repeated in later books to reinforce and consolidate learning.

◇ The importance of learning grammar systematically is emphasized. Grammatical rules are explained in a simple manner, followed by practice exercises with the help of ample illustrations. In order for the students to have a better understanding of and achieve mastery over grammatical rules, authentic situations are provided.

◇ In order for the students to understand the formation of characters, this series stresses the importance of teaching basic strokes, stroke order, character structures and radicals. To consolidate the learning of characters, character-specific exercises are provided in the workbook.

- The development of four language skills, especially productive skills (i.e. speaking and writing) is emphasized.

◇ Each text is introduced through a listening exercise.

◇ Varied and engaging oral tasks, such as questions and answers, conversations, interviews, surveys and oral presentations are designed.

◇提供了大量閱讀材料，內容涵蓋日常生活、社會交往、熱門話題等方面。

◇安排了電郵、書信、日記等不同文體的寫作訓練。

• 重視文化教學，形成多元文化意識。

◇隨着學生漢語水平的提高，逐步引入更多對中國社會、文化的介紹。

◇練習冊中有較多文化閱讀及相關練習，使文化認識和語言學習相結合。

• 在培養漢語表達能力的同時，鼓勵學生獨立思考和批判思維。

課堂教學建議

• 本套教材第一至第四冊，每冊分別要用大約 100 個課時完成。第五至第七冊，難度逐步加大，需要更多的教學時間。教師可以根據學生的漢語水平和學習能力靈活安排教學進度。

• 在使用本套教材時，建議教師：

◇帶領學生做第一冊課本中的語音練習。鼓勵學生自己讀出新的生詞。

◇強調偏旁部首的學習。啟發學生通過偏旁部首猜生字的意思。

◇講解生詞中單字的意思。遇到不認識的詞語，引導學生通過語境猜詞義。

◇藉助語境展示、講解語法。

◇把課文作為寫作範文。鼓勵學生背誦課文，培養語感。

◇根據學生的能力和水平，調整或擴展某些練習。課本和練習冊中的練習可以在課堂上用，也可以讓學生在家裏做。

◇展示學生作品，使學生獲得成就感，提高自信心。

◇創造機會，讓學生在真實的情景中使用漢語，提高交際能力。

馬亞敏

2014 年 6 月於香港

◇ Reading materials are chosen with the students in mind and cover relevant topics taken from daily life.

◇ Composition exercises ensure competence in different text types such as E-mails, letters, diary entries and etc.

• In order to foster the students' multi-cultural awareness, the teaching of Chinese cultural elements is emphasized.

◇ As students' Chinese language skills increase, an effort has been made to introduce more about contemporary China and Chinese culture.

◇ Plenty of reading materials and related exercises are available in the workbook, so that language learning can be interwoven with cultural awareness.

• While cultivating the ability of language use in Chinese, this series encourages students to think independently and critically.

HOW TO USE THIS SERIES

• Each of the books 1, 2, 3 and 4 covers approximately 100 hours of class time. The difficulty level of Books 5, 6 and 7 increases and thus the completion of each book will require more class time. Ultimately, the pace of teaching depends on the students' level and ability.

• Here are some suggestions as how to use this series. The teachers should:

◇ Go over with the students the phonetics exercises in Book 1, and at a later stage, the students should be encouraged to pronounce new pinyin on their own.

◇ Stress the importance of learning radicals, and encourage the students to guess the meaning of a new character by applying their understanding of radicals.

◇ Explain the meaning of each character, and guide the students to guess the meaning of a new phrase using contextual clues.

◇ Demonstrate and explain grammatical rules in context.

◇ Use the texts as sample essays and encourage the students to recite them with the intention of developing a feel for the language.

◇ Modify or extend some exercises according to the students' levels and ability. Exercises in both textbook and workbook can be used for class work or homework.

◇ Display the students' works with the intention of fostering a sense of success and achievement that would increase the students' confidence in learning Chinese.

◇ Provide opportunities for the students to practise Chinese in authentic situations in order to improve confidence and fluency.

Yamin Ma
June 2014, Hong Kong

Authors' acknowledgements

We are grateful to the following who have so graciously helped with the publication of this series:

- Our publisher, 侯明女士 who trusted our ability and expertise in the field of Chinese language teaching and learning.
- Editors, 尚小萌、趙江 and Annie Wang for their meticulous hard work and keen eye for detail.
- Graphic designers, 鍾文君、吳冠曼、陳先英 for their artistic talent in the design of the series' appearance.
- 于霆、王茜茜、陸穎 for their creativity and imagination in their illustrations.
- The art consultant, Arthur Y. Wang, without whose guidance the books would not be so visually appealing.
- 胡廉軻、劉夢簫 who recorded the voice tracks that accompany this series.
- And finally, to our family members who have always given us generous and unwavering support.

目錄

第一課 我的家庭

生詞 1

① xiāng qīn xiāng ài 相親相愛 love each other — wǒ men yì jiā rén xiāng qīn xiāng ài 我們一家人相親相愛。　**②** shè 社 society　shè gōng 社工 social worker

③ fán 繁 numerous; complicated　fán máng 繁忙 busy　**④** shí fēn 十分 very; extremely

⑤ ài hù 愛護 take good care of　fù mǔ shí fēn guān xīn　ài hù wǒ hé mèi mei 父母十分關心、愛護我和妹妹。

⑥ yù 遇 encounter　yù dào 遇到 come across　**⑦** fán 煩（烦）annoyed　**⑧** nǎo 惱（恼）annoyed　fán nǎo 煩惱 upset; worried

⑨ yuàn 願（愿）be willing to　yuàn yì 願意 be willing to　**⑩** jiǎng 講 speak; talk

⑪ guǎn 管 bother about　bù guǎn 不管 no matter (what, how, etc.)　bù guǎn　dōu 不管……都…… no matter

bù guǎn yù dào shén me shì qíng　yǒu shén me fán nǎo　wǒ men dōu yuàn yì gēn fù mǔ jiǎng
不管遇到什麼事情、有什麼煩惱，我們都願意跟父母講。

⑫ jí shí 及時 in time　fù mǔ zǒng shì nài xīn de tīng　jí shí de gěi wǒ men bāng zhù 父母總是耐心地聽，及時地給我們幫助。

⑬ tīng huà 聽話 be obedient　rú guǒ nǐ bù tīng huà，tā men huì shēng qì ma 如果你不聽話，他們會生氣嗎？

⑭ gōu 溝（沟）channel　gōu tōng 溝通 connect　**⑮** jiāo liú 交流 exchange　yì jiā rén yào duō gōu tōng　duō jiāo liú 一家人要多溝通、多交流。

⑯ hù 互 each other　hù xiāng 互相 each other　**⑰** jiě 解 understand; untie　lǐ jiě 理解 understand

⑱ jué 決（决）decide　jiě jué 解決 solve　**⑲** hǎo 好 be easy to do

⑳ zhǐ yào 只要 provided　zhǐ yào　jiù 只要……就…… provided　zhǐ yào wǒ men hù xiāng lǐ jiě　wèn tí jiù hǎo jiě jué 只要我們互相理解，問題就好解決。

㉑ chí 持 support　zhī chí 支持 support　wǒ men hù xiāng guān xīn　hù xiāng lǐ jiě　hù xiāng zhī chí 我們互相關心、互相理解、互相支持。

㉒ chǎo jià 吵架 quarrel　nǐ jīng cháng gēn mèi mei chǎo jià ma 你經常跟妹妹吵架嗎？

> ▲
> **Grammar: Pattern: ... 跟 ... 吵架**

㉓ guān xi 關係 relationship　wǒ men liǎ de guān xi hěn hǎo 我們倆的關係很好。

1 用所給結構及詞語完成句子

A 結構：只要我們互相理解，問題就好解決。

1) 只要我們努力，＿＿＿＿＿＿＿＿＿＿＿＿＿＿＿＿＿＿。（學好漢語）

2) 只要認真複習，＿＿＿＿＿＿＿＿＿＿＿＿＿＿＿＿＿＿＿。（考試）

3) 只要有時間，＿＿＿＿＿＿＿＿＿＿＿＿＿＿＿＿＿＿＿。（看書）

B 結構：不管遇到什麼事情，我們都願意跟父母講。

1) 不管有什麼煩惱，＿＿＿＿＿＿＿＿＿＿＿＿＿＿＿＿＿。（告訴）

2) 不管天氣怎麼樣，＿＿＿＿＿＿＿＿＿＿＿＿＿＿＿＿。（去游泳）

3) 不管養什麼寵物，＿＿＿＿＿＿＿＿＿＿＿＿＿＿＿＿。（花時間）

2 用所給結構看圖完成句子

結構：父母總是耐心地聽，及時地給我們幫助。

①  妹妹興奮地說：……

②  媽媽感動地說：……

③  哥哥高興地告訴老師：……

④  爸爸生氣地對他說：……

3 用所給結構及詞語完成句子

結構：只要我們互相理解，問題就好解決。

1) 毛筆字很好看，但是＿＿＿＿＿＿＿＿＿＿＿＿＿＿＿＿。（寫）

2) 烤鴨很好吃，但是＿＿＿＿＿＿＿＿＿＿＿＿＿＿＿＿。（做）

3) 這條路＿＿＿＿＿＿＿＿＿＿＿＿＿，我們走那條路吧！（走）

4) 那個地方＿＿＿＿＿＿＿＿＿＿＿＿＿，我帶你去吧！（找）

5) 春節期間的火車票、機票都＿＿＿＿＿＿＿＿＿＿＿。（買）

4 小組活動

要求　說一說你跟家人的關係。

① 你跟父母的關係怎麼樣？
- 我們互相關心
-
-
-

② 你跟兄弟姐妹的關係怎麼樣？
- 我們有時候也吵架
-
-
-

③ 父母會為什麼事跟你生氣？
- 我晚上太晚回家
-
-
-

④ 你會為什麼事跟兄弟姐妹吵架？
- 弟弟弄髒了我的本子
-
-
-

1) 你有兄弟姐妹嗎？你跟他們的關係怎麼樣？你跟誰的關係最好？

2) 你父母都工作嗎？他們做什麼工作？他們工作忙嗎？他們經常出差嗎？經常去哪裏出差？

3) 如果父母工作很忙，你會幫忙做家務嗎？你會做什麼家務？

4) 你父母的性格怎麼樣？他們對你嚴格嗎？他們在哪方面對你比較嚴格？

5) 如果遇到什麼事情，你會先跟誰說？為什麼？

6) 你經常跟父母溝通、交流嗎？

7) 你最近有什麼煩惱？你有沒有跟父母講？他們是怎麼對你說的？他們是怎麼幫你的？

8) 如果你不聽父母的話，他們會生氣嗎？

你可以用

a) 我跟姐姐的關係很好。我們倆性格很像。她在學習方面經常幫助我。

b) 我爸爸工作非常忙，經常不在家。我從小就很獨立，不管遇到什麼事情都自己解決。

c) 我經常做家務，比如做簡單的菜、收拾房間、洗衣服。

d) 我媽媽是一個善良的人。她樂意幫助別人，還很有耐心，從來都不生氣。

e) 如果遇到什麼事情，我一定會先跟哥哥說，因為他會耐心地聽，還會幫我解決問題。

課文 1 🎧2

請介紹一下你的家庭。

我家有四口人：父母、妹妹和我。我們一家人相親相愛。
xiāng qīn xiāng ài

你父母做什麼工作？平時忙不忙？

我爸爸是工程師，我媽媽是社工。雖然他們工作繁
shè gōng　　　　　　　　　fán
忙，但是他們十分關心、愛護我和妹妹。不管遇到什
máng　　　　shí fēn　　　ài hù　　　bù guǎn yù dào
麼事情、有什麼煩惱，我們都願意跟他們講。他們總
fán nǎo　　　dōu yuàn yì　　　jiǎng
是耐心地聽，及時地給我們幫助。
jí shí

如果你不聽話，他們會生氣嗎？
tīng huà

他們很少生我們的氣。爸媽常說，一家人要多溝
gōu
通、多交流。只要我們互相理解，問題就好解決。
tōng　　jiāo liú　　zhǐ yào　　　hù xiāng lǐ jiě　　　jiù hǎo jiě jué

你經常跟妹妹吵架嗎？
chǎo jià

有時候我們也會吵架，
但是我們倆的關係很好。
guān xi
我們既是姐妹又是朋友。

你很愛你的家人，對不對？

是啊！我們互相關心、互相理
解、互相支持。我非常愛他們！
zhī chí

要求 介紹你的父親／母親。你要介紹他／她的工作、性格、你跟他／她的關係。

例子：

我今天介紹一下我爸爸。我爸爸是飛行員。他經常飛亞洲的一些國家。爸爸很喜歡他的工作。他去過很多國家。我和媽媽也常常坐爸爸開的飛機去國外旅遊。

我爸爸很善良，很有耐心。他樂意幫助人，很少發脾氣。他還是一個愛乾淨的人。

我跟爸爸的關係很好。我們既是父子又是朋友。我經常跟爸爸溝通、交流。不管遇到什麼事情、有什麼煩惱，我都願意跟他講。他總是耐心地聽，及時地給我幫助。

我認為我爸爸是世界上最好的爸爸。我愛我爸爸！

你可以用

a) 我爸爸是外科（wài kē）醫生。他每天都很忙，有時候晚上也要去醫院給病人（bìng rén）看病。

b) 我爸爸是足球教練（jiào liàn）。他從小就對運動感興趣。他足球踢得好極了！

c) 我媽媽是空姐（kōng jiě）。她去過很多國家。歐洲、北美洲、南美洲、大洋洲和非洲，她都去過。

d) 我媽媽很有愛心，很有責任心。她樂意幫助別人，也很會照顧人。

e) 我跟媽媽的關係很好。我媽媽非常關心我、支持我。

f) 從小爸爸就培養（péi yǎng）我們獨立的性格，讓我們自己能做的事情一定要自己做。

生詞 2 🎧 3

1. tiān xià 天下 world　　wǒ rèn wéi wǒ fù mǔ shì tiān xià zuì hǎo de fù mǔ 我認為我父母是天下最好的父母。

2. zì xìn 自信 self-confident　　3. qiú 求 ask; beg　yāo qiú 要求 demand; request

4. kào 靠 rely on　fù mǔ yāo qiú wǒ zì jǐ néng zuò de shì qing yí dìng yào zì jǐ zuò bù néng kào bié rén 父母要求我自己能做的事情一定要自己做，不能靠別人。

5. gǔ 鼓 stir up　　6. lì 勵（励）encourage　gǔ lì 鼓勵 encourage　　7. biǎo 表 express　fā biǎo 發表 express

8. yì jiàn 意見 view; opinion　　9. xiǎng fǎ 想法 view; opinion　fù mǔ gǔ lì wǒ fā biǎo zì jǐ de yì jiàn shuō chū xīn li de xiǎng fǎ 父母鼓勵我發表自己的意見，説出心裏的想法。

10. jué dìng 決定 decide　fù mǔ zài zuò jué dìng yǐ qián yě huì tīng wǒ de yì jiàn 父母在做決定以前也會聽我的意見。

11. bèi 輩（辈）rank in (a family or clan) generational hierarchy　zhǎng bèi 長輩 senior members of a family　wǎn bèi 晚輩 younger generation

wǒ gēn fù mǔ jì shì wǎn bèi hé zhǎng bèi de guān xi yòu shì péng you de guān xi 我跟父母既是晚輩和長輩的關係，又是朋友的關係。

12. nán guò 難過 feel bad　　13. fēn 分 divide　　14. xiǎng 享 enjoy　fēn xiǎng 分享 share

15. lùn 論（论）consider　bú lùn 不論 regardless of　bú lùn……dōu…… 不論……都…… regardless of

bú lùn wǒ yù dào kuài lè de shì qing hái shi nán guò de shì qing dōu yuàn yì gēn fù mǔ fēn xiǎng 不論我遇到快樂的事情還是難過的事情都願意跟父母分享。

16. tí 提 put forward　　17. yì 議（议）opinion; view　jiàn yì 建議 proposal; suggestion

18. dào lǐ 道理 reason　　19. zhào 照 according to　fù mǔ tí de jiàn yì zhǐ yào yǒu dào lǐ wǒ jiù huì zhào zhe zuò 父母提的建議，只要有道理，我就會照着做。

20. fā huǒ 發火 get angry; lose temper　fù mǔ bú huì duì wǒ fā huǒ 父母不會對我發火。

▲ **Grammar: Pattern: … 對 … 發火**

21. jì 繼（继）continue　　22. xù 續（续）continue　jì xù 繼續 continue

fù mǔ huì zuò xia lai nài xīn de hé wǒ gōu tōng gǔ lì wǒ jì xù nǔ lì 父母會坐下來耐心地和我溝通，鼓勵我繼續努力。

▲ **Grammar: a) "下來" serves as the complement of direction.**
　　　　　b) Pattern: Verb + Complement of Direction（上 / 下 / 進 / 出 / 過 / 回 / 起 + 來 / 去）

23. wēn nuǎn 溫暖 warm　　24. fú 福 luck; happiness　xìng fú 幸福 happy; happiness

7 用所給結構及詞語看圖説話

結構：我經常跟父母分享我們學校的事情。我們互相理解、互相支持。

①  跟……借
買

④  跟……商量
生日禮物

②  跟……講
互相幫助

⑤  跟……吵架
關係

③ 跟……聊天兒
發電郵

⑥  跟……交流
互相關心

8 完成句子

① 我最近給父母提了一個建議。我建議他們……

② 我最近做了一個決定。我決定……

③ 父母總是鼓勵我發表自己的意見，比如他們讓我……

④ 老師經常鼓勵我們説出自己的想法，比如在學校……

9 用所給結構及詞語看圖說話

結構：不論我遇到快樂的事情還是難過的事情都願意跟父母分享。

①
去美國
去英國
上大學
支持

②
養狗
養貓
花時間
照顧

③
吃中餐
吃西餐
高興

④
媽媽
考試成績
鼓勵
繼續

10 聽課文錄音，判斷正誤

☐ 1) 他很獨立，自己的事情自己做。

☐ 2) 父母鼓勵他發表意見。

☐ 3) 家裏的事情，父母一般不聽他的意見。

☐ 4) 他和父母的關係只是晚輩和長輩的關係。

☐ 5) 如果有開心的事情，他總是跟父母分享。

☐ 6) 不管父母說什麼，他都會照着做。

☐ 7) 父母對他什麼要求都沒有。

☐ 8) 父母對他很有耐心。

我認為我父母是天下最好的父母。他們雖然工作繁忙，但是非常關心我。

我是家裏的獨生子。父母從小就培養我獨立、自信的性格。他們要求我自己能做的事情一定要自己做，不能靠別人。他們還鼓勵我發表自己的意見，說出心裏的想法。家裏的一些事情，父母在做決定以前也會聽我的意見。

我跟父母既是晚輩和長輩的關係，又是朋友的關係。不論我遇到快樂的事情還是難過的事情都願意跟父母分享。父母說的話、提的建議，只要有道理，我就會照着做。如果他們對我的要求太高了，我做不到，他們也不會對我發火。他們會坐下來耐心地和我溝通，鼓勵我繼續努力。

生活在這樣一個溫暖的家庭，我感到很幸福、很快樂。

11 翻譯

例子：他們會坐下來和我溝通。

They will sit down and communicate with me.

1) 汽車開過來了。

2) 他走進去了。

3) 弟弟跑出去了。

4) 妹妹走回去了。

5) 請你站起來。

6) 我們應該坐下來溝通一下。

7) 媽媽買回來一條魚。

8) 我從樓上搬下來幾把椅子。

12 用所給結構及詞語看圖說話

A 結構：如果我做不到，父母不會對我發火。

①
對……嚴格
喜歡

②
對……感興趣
當美術老師

B 結構：父母對我的要求太高了。

①
對……要求
希望　當

②
對……印象
好　希望

情景1 最近兩次漢語考試你都不及格，所以父母昨天晚上對你發火了。跟同學編對話，聽聽他對這件事的想法。

例子：

你：你跟父母的關係怎麼樣？

同學：……

你：在學習方面，父母對你有什麼要求？

同學：……

你：父母會為什麼事對你發火？

同學：……

你：如果你考試成績不好，他們會對你發火嗎？

同學：……

你：我最近兩次漢語考試都不及格，昨天父母對我發火了。你覺得我應該怎麼跟他們溝通？

同學：……

你：如果父母不理解我，我應該怎麼做？

同學：……

情景2 父母很關心你、愛護你，但是他們總是把你當小孩子。跟同學編對話，聽聽他父母是怎樣對待他的。

例子：

你：你在家裏可以發表意見嗎？

同學：……

你：你的事情都是自己決定的嗎？

同學：……

你：你做決定以前會聽父母的意見嗎？

同學：……

你：我父母總是把我當小孩子，幫我安排所有的事。你父母會這樣嗎？

同學：……

你：如果有難過的事，你會跟父母說嗎？

同學：……

你：你遇到麻煩的時候會跟父母說還是自己解決？

同學：……

14 角色扮演

情景 你跟媽媽說你想養一隻狗。

例子：

你：媽媽，我朋友家的狗上個星期生了三隻小狗。她可以送我一隻。

媽媽：你現在學習這麼忙，有時間養狗嗎？

你：我覺得我可以照顧小狗。每天放學以後，我一到家就做作業。做完作業以後，我就餵小狗，帶牠散步。我認為通過養狗我可以學會管理時間。

媽媽：除了照顧小狗，你還要花時間訓練牠。

你：我知道。我要訓練牠去固定（gù dìng）的地方大小便，還要讓牠養成好的習慣。我的朋友會教我怎樣訓練小狗。

媽媽：你知道養狗要花很多錢嗎？

......

你可以用

a) 買狗糧和給小狗打預防針都很貴。如果小狗生病了，要帶牠去看寵物醫生，費用也不便宜。

b) 如果我們去國外旅行，可以把小狗寄養在朋友家。

c) 我以前比較懶。養了狗以後，我不但自己的事情自己做，還可以照顧好我的小狗。

d) 狗是人類的好朋友。牠們又忠誠又可愛。相信養狗會給我帶來很多快樂。

e) 小狗可能會把東西弄亂、把房間弄髒，但是我會訓練牠，也會經常收拾房間。

生詞 1 5

① 名人 míng rén famous person

② 林丹 lín dān a Chinese badminton player

③ 聞（闻）wén hear　聞名 wén míng well-known

④ 運動員 yùn dòng yuán athlete

⑤ 棒 bàng terrific　他羽毛球打得棒極了！tā yǔ máo qiú dǎ de bàng jí le

⑥ 福建 fú jiàn Fujian Province

⑦ 技 jì skill　球技 qiú jì ball game skills

⑧ 出色 chū sè outstanding; remarkable　他的球技非常出色。tā de qiú jì fēi cháng chū sè

⑨ 奧（奥）運會 ào yùn huì Olympic Games

⑩ 倫（伦）敦 lún dūn London

⑪ 獲（获）huò get　獲得 huò dé get

⑫ 男子 nán zǐ man

⑬ 單 dān single　單打 dān dǎ singles

⑭ 冠 guàn first place; champion

⑮ 軍（军）jūn army　冠軍 guàn jūn champion　林丹在 2012 年倫敦奧運會上獲得了男子單打冠軍。lín dān zài nián lún dūn ào yùn huì shang huò dé le nán zǐ dān dǎ guàn jūn

⑯ 球迷 qiú mí (ball game) fan

⑰ 超級 chāo jí super

⑱ 他已經結婚了吧？tā yǐ jīng jié hūn le ba

▲ Grammar: "吧" can be put at the end of a question when asking for confirmation.

⑲ 個性 gè xìng personality

⑳ 穿着 chuān zhuó dress

㉑ 尚 shàng tendency　時尚 shí shàng fashionable; fashion　他的穿着非常時尚。tā de chuān zhuó fēi cháng shí shàng

㉒ 酷 kù cool　他看起來很酷。tā kàn qi lai hěn kù

▲ Grammar: a) Pattern: Verb + 起來
　　　　　 b) This pattern is used to indicate an impression or idea from different aspects.

㉓ 苦 kǔ hard; weary　刻苦 kè kǔ hardworking　他又聰明又刻苦。tā yòu cōng míng yòu kè kǔ

㉔ 精 jīng superb　精彩 jīng cǎi wonderful　他的比賽場場都十分精彩。tā de bǐ sài chǎng chǎng dōu shí fēn jīng cǎi

㉕ 博客 bó kè blog　他還喜歡唱歌和寫博客。tā hái xǐ huan chàng gē hé xiě bó kè

1 用所給結構及詞語看圖完成對話

結構：A: 林丹已經結婚了吧？

B: 對。他是 2012 年結婚的。

①

A: 你春節回北京了吧？

B: _____

②

A: 你是坐飛機去哈爾濱的吧？

B: _____

③

A: 這是你爸爸的車吧？

B: _____

④

A: 你暑假去杭州了吧？

B: _____

2 用所給結構及詞語完成句子

結構：林丹的比賽場場都十分精彩。

1) 外婆做的菜_____。（好吃）

2) 小姨的衣服_____。（時尚）

3) 爸爸說的話_____。（有道理）

4) 叔叔拍的照片_____。（漂亮）

5) 舅舅寫的小說_____。（好看）

6) 我的同學_____。（努力）

7) 這家文具店賣的東西_____。（便宜）

3 小組活動

要求 列出奧運會的比賽項目。

① **球類運動**
- 籃球
- •
- • • •

② **水上運動**
- 水球
- •
- • • •

③ **冰上運動**
- 冰球
- •
- • • •

④ **田徑運動** (tián jìng)
- 100 米短跑
- •
- • • •

你可以用

a) 跨欄 (kuà lán)

b) 花樣滑冰 (huā yàng)

c) 跳高

d) 跳遠

e) 鉛球

f) 鐵餅

g) 帆船 (fān chuán)

h) 橄欖球 (gǎn lǎn qiú)

i) 100×4 接力賽 (jiē lì sài)

j) 800 米中長跑

k) 1500 米長跑

4 根據實際情況回答問題

1) 你喜歡體育運動嗎？

2) 你今年參加了什麼體育活動？

3) 你每天都做運動嗎？你什麼時候做運動？

4) 你最喜歡哪種運動？你是從什麼時候開始做這種運動的？你經常參加比賽嗎？你最近有沒有比賽？哪天有比賽？你們贏了嗎？(yíng)

5) 如果現在在開夏季奧運會，你最想看什麼比賽？

6) 你最喜歡哪個運動員？請介紹一下他／她。

你最喜歡哪位名人（míng rén）？

我最喜歡林丹（lín dān）。他是中國也是世界聞名（wén míng）的羽毛球運動員（yùn dòngyuán）。他羽毛球打得棒（bàng）極了！我真希望有一天能像他一樣！

那請你介紹一下林丹。

林丹是福建（fú jiàn）人。他五歲就開始打羽毛球了。他的球技（qiú jì）非常出色（chū sè），在 2008 年北京奧運會（ào yùn huì）和 2012 年倫敦（lún dūn）奧運會上獲得（huò dé）了男子單打（nán zǐ dān dǎ）冠軍（guàn jūn）。球迷（qiú mí）們都叫他"超級（chāo jí）丹"。

林丹在場外是什麼樣的人？他已經結婚了吧？

他是一個很有個性（gè xìng）的運動員。他的穿着（chuān zhuó）非常時尚（shí shàng），看起來很酷（kù）。他是 2012 年結婚的。他的妻子也是中國有名的羽毛球運動員。

你為什麼喜歡他？

他又聰明又刻苦（kè kǔ）。他的比賽場場都十分精彩（jīng cǎi）。

除了打球，他還有什麼愛好？

除了打球，他還喜歡唱歌和寫博客（bó kè）。

5 用所給結構及詞語看圖完成句子

結構：他的穿着非常時尚，看起來很酷。

①  看 高興　　姐姐……

②  讀 有意思　　這本小説……

③  穿 舒服　　這件衣服……

④  寫 容易　　這兩個漢字……

6 小組活動

要求　介紹你喜歡的體育名人。

例子：

同學 1：我最喜歡姚明（yáo míng）。他籃球打得棒極了！

同學 2：我也喜歡姚明。我是他的球迷。我真希望有一天能像他一樣，籃球打得那麼好！

同學 3：姚明是上海人吧？

同學 1：對。他是上海人。他……

同學 2：他在美國打了幾年籃球？

同學 1：……

同學 3：他在場外是什麼樣的人？

同學 1：……

同學 2：他已經結婚了吧？

……

生詞 2

① yǐng xiǎng 影響 influence　cóng xiǎo dào dà 從 小 到 大，mā ma duì wǒ de yǐng xiǎng zuì dà 媽媽對我的影 響最大。

Grammar: Pattern: ... 對 ... 的影響 ...

② xiào zhǎng 校長 headmaster; principal　**③** lǎng 朗 light; bright　kāi lǎng 開朗 cheerful; optimistic

④ wài xiàng 外向 extravert　tā xìng gé kāi lǎng wài xiàng 她性格開朗、外向。

⑤ rè qíng 熱情 warm-hearted　**⑥** dà fāng 大方 generous　tā duì rén rè qíng dà fāng 她對人熱情、大方。

⑦ rèn zhēn 認真 conscientious　**⑧** fù 負（负）bear　fù zé 負責 serious　tā duì gōng zuò rèn zhēn fù zé 她對工作認真、負責。

⑨ rè ài 熱愛 have deep love for　tā rè ài shēng huó 她熱愛生活。　**⑩** chōu 抽 take a part from a whole　**⑪** duō me 多麼 how

⑫ wú lùn 無論 regardless of　wú lùn dōu 無論……都…… regardless of

wú lùn duō me máng tā dōu huì chōu shí jiān guān xīn wǒ hé dì di de xué xí hé shēng huó 無論多麼忙，她都會抽時間關心我和弟弟的學習和生活。

Grammar: Sentence Pattern: 無論 + 多麼 + Adjective, Subject + 都 ...

⑬ kuàng 況（况）situation　qíng kuàng 情況 situation　tā měi tiān xià bān huí jiā hòu zǒng shì xiān wèn wǒ men zài xué xiào de qíng kuàng 她每天下班回家後總是先問我們在學校的情況。

⑭ xū 需 need　xū yào 需要 need　**⑮** xǐng 醒 wake up (to reality)　tí xǐng 提醒 remind

⑯ jìn 盡（尽）to the limit　**⑰** jǐn 儘（尽）to the greatest extent　jǐn guǎn 儘管 though　jǐn guǎn dàn shì 儘管……，但是…… though

jǐn guǎn kǎo shì chéng jì hěn zhòng yào dàn shì gèng zhòng yào de shì yào jìn zì jǐ zuì dà de nǔ lì 儘管考試成績很重要，但是更重要的是要盡自己最大的努力。

⑱ kè táng 課堂 classroom　**⑲** shí 識（识）knowledge　zhī shi 知識 knowledge　shū běn zhōng yǒu kè táng shang xué bu dào de zhī shi 書本中有課堂上學不到的知識。

⑳ duàn 斷（断）break off　bú duàn 不斷 continuously

㉑ chéng shí 誠實 honest

wǒ yào xiàng mā ma xué xí wǒ bú dàn yào nǔ lì dú shū ér qiě yào zuò yí ge chéng shí zì xìn yǒu zé rèn xīn de rén 我要向媽媽學習。我不但要努力讀書，而且要做一個誠實、自信、有責任心的人。

Grammar: Pattern: ... 向 ... 學習

7 用所給結構及詞語看圖完成句子

結構：儘管考試成績很重要，但是更重要的是要盡自己最大的努力。

①

儘管現在是春天，但是……

②

儘管外面下着小雨，但是……

③

儘管姐姐今年學習很忙，但是……

④

儘管他每天都花半個小時學漢語，但是……

8 完成句子

1) 從小到大，奶奶對我的影響_____。

2) 我們的漢語老師對工作_____。

3) 無論工作多麼繁忙，爸爸_____。

4) 我每天都會抽一些時間_____。

5) 爸爸時常提醒我_____。

6) 我要向媽媽學習，_____。

9 小組活動

要求 介紹你的一個朋友。

例子：

我的朋友叫國立。我們是小學同學。

國立的性格開朗、外向，對人熱情、友好。他學習非常好，差不多每次考試都能得九十多分。如果我在學習上遇到困難，他會幫助我。……

你可以用

a) 他性格溫和 / 開朗 / 外向 / 內向。
nèi xiàng

b) 他非常誠實 / 自信 / 熱情 / 大方 / 善良 / 獨立。

c) 他是一個熱心 / 誠實 / 自信的人。

d) 他很有愛心 / 耐心 / 責任心。

e) 他對人熱情。

f) 他對工作認真、負責。

g) 他常常對學生發火。

h) 他從來都不發脾氣。

i) 他特別愛講笑話。

j) 他願意 / 樂意幫助別人。

10 聽課文錄音，選擇正確答案

1) 媽媽_____。

　　a) 性格開朗、內向

　　b) 很有愛心，但是沒耐心

　　c) 熱愛工作和生活

2) 媽媽_____。

　　a) 工作不太忙

　　b) 説考試成績最重要

　　c) 關心他們的學習和生活

3) 媽媽_____。

　　a) 自己不常學習

　　b) 説讀書很重要

　　c) 學習進步不快

4) 他_____。

　　a) 要做誠實、自信的人

　　b) 只會努力學習

　　c) 會向爸爸學習

　　從小到大，媽媽對我的影響最大。

　　我媽媽是一位小學校長。她性格開朗、外向，既有愛心又有耐心。她對人熱情、大方，對工作認真、負責。她熱愛生活，熱愛工作，更熱愛我們的家。無論多麼忙，她都會抽時間關心我和弟弟的學習和生活。她每天下班回家後總是先問我們在學校的情況，功課需不需要幫忙。她時常提醒我們儘管考試成績很重要，但是更重要的是要盡自己最大的努力。她還鼓勵我們多讀書，因為書本中有課堂上學不到的知識。媽媽自己也每天都學習。她常說只有不斷學習新知識，才能不斷進步。

　　我要向媽媽學習。我不但要努力讀書，而且要做一個誠實、自信、有責任心的人。

11 用所給結構及詞語看圖完成句子

結構：無論多麼忙，媽媽都會抽時間關心我們的學習和生活。

① 跑步

無論多麼冷，
爺爺……

② 訓練

無論多麼忙，
他們……

③ 九十多分

無論數學考
試多麼難，
哥哥……

④ 做完

無論作業多
麼多，他……

12 採訪同桌，向全班彙報

問題	媽媽	爸爸
1) 他 / 她做什麼工作？		
2) 他 / 她工作忙嗎？		
3) 他 / 她對你有什麼要求？		
4) 他 / 她會抽時間陪你做什麼？		
5) 你們經常聊天兒嗎？經常聊什麼？		
6) 他 / 她常提醒你什麼？		
7) 他 / 她鼓勵你做什麼？		
8) 他 / 她下班以後喜歡做什麼？		

要求 說一說你跟家人的關係。

1) 在學習方面，父母對你有什麼要求？
   你認為他們對你的要求高嗎？如果
   你做不到，他們會生氣嗎？

2) 父母是不是要求你自己的事情自己
   做？他們要求你自己做什麼？

3) 如果父母説的話有道理，你會照着
   做嗎？請舉一個例子。

4) 如果有快樂的事情，你會跟誰分享？

5) 如果有難過的事情，你會跟誰説？

14 用所給結構完成句子，並續寫一段話

結構：從小到大，媽媽對我的影響最大。我媽媽是一位小學校長。
   她對人熱情、大方，對工作認真、負責。我要向媽媽學習。我
   不但要努力讀書，而且要做一個誠實、自信、有責任心的人。

① 我對北京的印象……

② 爸爸對我的影響……

③ 我媽媽對工作……

④ 我的中文老師對學生……

15 口頭報告

要求 介紹一個對你影響很大的人。

例子：

奶奶對我的影響很大。我從她身上學到了很多。

我小時候父母工作特別忙，沒有時間照顧我，所以媽媽讓我跟奶奶一起住。在我的印象中，奶奶是一個心地善良的人。她非常樂意幫助別人。她也很有耐心，從來都不發脾氣。奶奶還特別獨立。如果她想做一件事，無論遇到什麼困kùn nan難，她都會努力克kè fú服。

我也是一個很獨立、很有耐心的人。我什麼事情都自己做。在學習上，如果遇到困難，我一定會多問、多練，努力克服困難。在家裏，我跟家人的關係很好。我們互相關心、互相理解、互相支持。

你可以用

a) 我和哥哥既是兄妹又是朋友。我不開心的時候他總能說一些讓我開心的話，做一些讓我開心的事。

b) 媽媽對我的影響最大。她在我們的生活和學習上花了很多時間，給了我們很大幫助。

c) 爸爸性格開朗，很有耐心。我遇到困難時，他總會耐心地告訴我該怎麼做。

d) 我的數學老師做事認真，工作努力。他總是鼓勵我們要好好學習。

25

生詞 1

❶ _{bào kǎo} 報考 register for an examination   _{wǒ dǎ suàn bào kǎo běi jīng dà xué} 我打算報考北京大學。

❷ _{liú} 留 stay   _{dà xué bì yè yǐ hòu wǒ kě néng liú zài zhōng guó gōng zuò} 大學畢業以後我可能留在中國工作。

❸ _{zhī} 之 's; of   _{zhī yī} 之一 one of   _{běi dà shì zhōng guó zuì zhù míng de dà xué zhī yī} 北大是中國最著名的大學之一。

❹ _{yī liú} 一流 top-rate; first-class   _{běi dà shì shì jiè yī liú de dà xué} 北大是世界一流的大學。

❺ _{bì} 畢（毕） finish; conclude   _{bì yè} 畢業 graduate   _{zài běi dà xué xí   bì yè yǐ hòu zhǎo gōng zuò yīng gāi huì róng yì yì xiē} 在北大學習，畢業以後找工作應該會容易一些。

Grammar: "找工作" serves as the subject.

❻ _{zhuān} 專（专） specialized   _{zhuān yè} 專業 special field of study   _{nǐ xiǎng qù běi dà xué shén me zhuān yè} 你想去北大學什麼專業？

❼ _{liǎo} 瞭 understand   _{liǎo jiě} 瞭解 understand   _{wǒ bǐ jiào liǎo jiě zì jǐ} 我比較瞭解自己。

❽ _{kuài jì} 會計 accounting   _{kuài jì shī} 會計師 accountant   ❾ _{fǎ lù} 法律 law   ❿ _{jīng jì xué} 經濟學 economics

⓫ _{yuán} 原 primary; original   _{yuán yīn} 原因 cause; reason   ⓬ _{zhēng} 爭（争） strive   ⓭ _{qǔ} 取 get   _{zhēng qǔ} 爭取 strive for

⓮ _{yì} 義（义） be voluntary   _{yì gōng} 義工 volunteer   ⓯ _{cí} 慈 kind; loving   _{cí shàn} 慈善 charitable

_{chú le nǔ lì xué xí   zhēng qǔ zuì hǎo de chéng jì yǐ wài   wǒ hái cān jiā le yì xiē kè wài huó dòng   bǐ rú zuò yì gōng} 除了努力學習、爭取最好的成績以外，我還參加了一些課外活動，比如做義工、

_{zuò cí shàn gōng zuò děng} 做慈善工作等。

⓰ _{jì} 計 plan   ⓱ _{huà} 劃（划） divide   _{jì huà} 計劃 plan   ⓲ _{biān yuǎn} 邊遠 remote   ⓳ _{dì qū} 地區 area; region

_{wǒ hái jì huà míng nián shǔ jià qù zhōng guó de biān yuǎn dì qū jiāo yīng yǔ} 我還計劃明年暑假去中國的邊遠地區教英語。

⓴ _{shēn} 申 state; explain   _{shēn qǐng} 申請 apply for   _{xiāng xìn zhè xiē dōu huì duì wǒ shēn qǐng běi dà yǒu bāng zhù} 相信這些都會對我申請北大有幫助。

1 用所給結構完成句子

結構：在北大學習，畢業以後找工作應該會容易一些。

1) 住公寓式酒店既 _____ 。

2) 乘坐高鐵旅遊 _____ 。

（gāo tiě）

3) 選擇去北京上大學 _____ 。

4) 假期去做義工 _____ 。

5) 想獲得武術大賽冠軍 _____ 。

2 小組活動

要求　在規定的時間裏完成下表。

你們學校 的設施	你們學校 提供的課程	你們大學 想學的專業	你們以後 想做的工作
• 禮堂	• 漢語	• 數學	• 商人
•	•	•	•
•	•	•	•
•	•	•	•
•	•	•	•
•	•	•	•
•	•	•	•
•	•	•	•

3 用所給結構及詞語看圖完成句子

結構：北大是中國最著名的大學之一，也是世界一流的大學。

①  愛好　寫博客是……

②  課外活動　做義工是……

③  專業　經濟學是……

④  困難　漢字難是……

4 根據實際情況回答問題

1) 你在這所學校讀了幾年了？你喜歡這所學校嗎？為什麼？

2) 你今年有幾門課？有什麼課？你對哪門課最感興趣？你覺得哪門課最難？為什麼？

3) 你今年參加了什麼課外活動？你週末有活動嗎？

4) 你做過義工嗎？你是在哪兒做義工的？每個星期做幾次？一次做多長時間？

5) 你想去中國上大學嗎？為什麼？你大學想學什麼專業？

6) 你大學畢業以後想做什麼工作？你想去哪裏工作？

7) 你想去中國工作嗎？為什麼？

你中學畢^{bì}業^{yè}以後有什麼打算？

我打算報^{bào}考^{kǎo}北京大學。大學畢業以後我可能留^{liú}在中國工作，也可能回到新加坡工作。

你為什麼想去北大？

北大是中國最著名的大學之一^{zhī yī}，也是世界一流^{yī liú}的大學。在北大學習，畢業以後找工作應該會容易一些。

那你想去北大學什麼專^{zhuān}業^{yè}？

我比較瞭解^{liǎo jiě}自己。我不想當會計師^{kuài jì shī}，不想學法律^{fǎ lù}，也不想學醫。我對商科和經濟學^{jīng jì xué}比較感興趣，但還沒想好。這也是我想去北大的原因^{yuán yīn}之一，那裏的商科和經濟學都很有名。

為了申請北大，你做了哪些準備？

除了努力學習、爭取^{zhēng qǔ}最好的成績以外，我還參加了一些課外活動，比如做義工^{yì gōng}、做慈善^{cí shàn}工作等。我還計劃^{jì huà}明年暑假去中國的邊遠地區^{biān yuǎn dì qū}教英語。相信這些都會對我申請^{shēn qǐng}北大有幫助。

5 用所給結構及詞語完成句子

結構：去北大學什麼專業我還沒想好。

1) 午飯我已經＿＿＿＿＿＿＿＿＿＿＿＿＿＿＿＿＿＿。（做）

2) 碗筷她已經＿＿＿＿＿＿＿＿＿＿＿＿＿＿＿＿＿＿。（擺）

3) 做晚飯需要的菜＿＿＿＿＿＿＿＿＿＿＿＿＿＿＿＿。（買）

4) 他已經把校服＿＿＿＿＿＿＿＿＿＿＿＿＿＿＿＿＿。（換）

5) 今年的暑期活動我已經＿＿＿＿＿＿＿＿＿＿＿＿。（安排）

6) 他大學已經＿＿＿＿＿＿＿＿＿＿＿＿＿＿＿＿＿＿。（申請）

6 小組討論

要求　説一説你中學畢業以後的打算。

1) 你中學畢業以後有什麼打算？

2) 你最想去哪所大學？為什麼？

3) 你大學想學什麼專業？為什麼？

4) 為了進這所大學，你做了哪些準備？

交通大學　　　　　　　　　清華大學

生詞 2 🎧 11

① bù fen
部分 part; portion

② mèng
夢（梦）dream

mèng xiǎng
夢想 dream

③ gǎi
改 change

④ biàn
變（变）change

gǎi biàn
改變 change

duì dà bù fen rén lái shuō   xiǎo shí hou de mèng xiǎng zhǎng dà hòu kě néng huì gǎi biàn
對大部分人來說，小時候的夢想長大後可能會改變。

▲

Grammar: "對 ... 來說" indicates that a judgement is directed at a certain person or thing.

⑤ lì
例 example

lì zi
例子 example

⑥ shòu
授 teach

jiào shòu
教授 professor

⑦ yì
藝（艺）art

yì shù
藝術 art

yì shù jiā
藝術家 artist

⑧ huà jiā
畫家 painter; artist

⑨ shù xué jiā
數學家 mathematician

⑩ zhì
稚 young

yòu zhì
幼稚 young

yòu zhì yuán
幼稚園 kindergarten

⑪ jiù shì
就是 just; only

shàng yòu zhì yuán shí wǒ shén me dōu xǐ huan   jiù shì bú yuàn yì huà huàr
上幼稚園時我什麼都喜歡，就是不願意畫畫兒。

⑫ huì
繪（绘）paint; draw

huì huà
繪畫 drawing; painting

⑬ shòu
受 receive

shàng xiǎo xué hòu   shòu fù mǔ yǐng xiǎng   wǒ cái kāi shǐ duì huì huà gǎn xìng qù
上小學後，受父母影響，我才開始對繪畫感興趣。

▲

Grammar: Pattern: 受 ... 影響

⑭ ào lín pǐ kè
奧林匹克 Olympic

⑮ jìng
競（竞）compete

jìng sài
競賽 competition

⑯ míng
名 a measure word (used for people)

wǒ jīng cháng cān jiā shì li de ào lín pǐ kè shù xué jìng sài   yǒu yí cì hái dé le dì yī míng
我經常參加市裏的奧林匹克數學競賽，有一次還得了第一名。

⑰ yī xué
醫學 medical science

qù nián   wǒ yòu ài shàng le yī xué
去年，我又愛上了醫學。

⑱ yǒu guān
有關 relevant

wǒ dú le yì xiē yǒu guān yī xué de shū
我讀了一些有關醫學的書。

⑲ jiàn xí
見習 learn on the job

wǒ měi ge xīng qī liù dōu qù yī yuàn jiàn xí
我每個星期六都去醫院見習。

7 用所給結構及詞語看圖完成句子

結構：上幼稚園時我什麼都喜歡，就是不願意畫畫兒。

 爺爺什麼運動都喜歡，……

 哥哥什麼科目都學得不錯，……

 快餐挺好吃的，……

 那雙鞋穿起來很舒服，……

8 根據實際情況回答問題

1) 你媽媽做什麼工作？她對你有什麼影響？

2) 你爸爸做什麼工作？他以前做過什麼工作？他喜歡現在的工作嗎？他對你有什麼影響？

3) 你小時候的夢想是什麼？你小時候的夢想跟現在的一樣嗎？

4) 你對繪畫感興趣嗎？你會畫什麼畫兒？

5) 你數學學得怎麼樣？你參加過奧林匹克數學競賽嗎？

6) 你平時喜歡看什麼書？你最近在看什麼書？這本書好看嗎？介紹一下這本書。

7) 你見習過嗎？你最想去哪裏見習？

9 用所給結構及詞語看圖完成句子

結構：受父母影響，我開始對繪畫感興趣。

①

媽媽　看書

……，我睡覺前也……

②

同學　下棋

……，我也……

③

朋友　寵物

……，我也……

④

颱風　大雨

……，今天會……

10 聽課文錄音，回答問題

1) 她父母做什麼工作？

2) 父母希望她長大後做什麼？

3) 她上幼稚園時不願意做什麼？

4) 她是從什麼時候開始對繪畫感興趣的？

5) 她上初中時的理想是什麼？

6) 她從去年開始看什麼書？

7) 她這個學期有什麼特別的"課外活動"？

8) 她中學畢業後有什麼打算？

對大部分（bù fen）人來說，小時候的夢想（mèng xiǎng）長大後可能會改（gǎi）變（biàn）。我就是一個例子（lì zi）。

我爸爸是一位教授（jiào shòu），在大學教油畫。我媽媽是一位藝術家（yì shù jiā）。從小父母就希望我能成為畫家（huà jiā），但是聽外婆

說，上幼稚園（yòu zhì yuán）時我什麼都喜歡，就是（jiù shì）不願意畫畫兒。上小學後，受（shòu）父母影響，我才開始對繪畫（huì huà）感興趣。上初中後，我的數學成績很好，經常參加市裏的奧林匹克（ào lín pǐ kè）

數學競賽（jìng sài），有一次還得了第一名（míng）。那時我的理想是做數學（shù xué）家（jiā）。

去年，我又愛上了醫學（yī xué）。我讀了一些有關（yǒu guān）醫學的書，還訂了兩本醫學雜誌。從這個學期開始，我每個星期六都去醫院見習（jiàn xí）。中學畢業後，我打算去學醫。希望我可以進世界一流的醫學院。

11 用所給結構及詞語完成句子

結構：對大部分人來說，小時候的夢想長大後可能會改變。

1) 對很多人來說，＿＿＿＿＿＿＿＿＿＿＿＿＿＿＿。（家庭幸福）

2) 對一些學生來說，＿＿＿＿＿＿＿＿＿＿＿＿＿＿。（考試）

3) 對外國學生來說，＿＿＿＿＿＿＿＿＿＿＿＿＿＿。（漢字）

4) 對老師來說，＿＿＿＿＿＿＿＿＿＿＿＿＿＿＿＿。（學生）

5) 對爸爸來說，＿＿＿＿＿＿＿＿＿＿＿＿＿＿＿＿。（工作）

6) 對我來說，＿＿＿＿＿＿＿＿＿＿＿＿＿＿＿＿＿。（煩惱）

12 用所給結構及詞語看圖完成句子

結構：我經常參加市裏的奧林匹克數學競賽，有一次還得了第一名。

 ① 他經常參加奧林匹克物理競賽。這次……

 ② 學校運動會上，他跑了100米短跑。他……

 ③ 她上個月參加了歌唱比賽，……

 ④ 姐姐最近參加了繪畫比賽，……

情景1 你申請去一所小學做義工。

例子：

校長秘書：你以前做過義工嗎？做過什麼義工？

你：……

校長秘書：你是什麼時候做義工的？做了多長時間？

你：……

校長秘書：你會說什麼語言？你能為我們學校做什麼？

你：……

校長秘書：你想一週做幾天義工？每次做幾個小時？

你：……

校長秘書：你想做多長時間？

你：……

校長秘書：你希望從什麼時候開始做義工？

你：……

情景2 你想參加一個油畫班。你去了你家附近的一個繪畫中心。

例子：

你：你們有油畫班嗎？

秘書：……

你：我學過一年油畫。我是在學校學的。你覺得我應該參加哪個班？

秘書：……

你：這個班一個星期上幾次課？哪天上課？什麼時候上課？

秘書：……

你：每次課多長時間？

秘書：……

你：這個班有多少人？

秘書：……

你：學費是多少？

秘書：……

你：哪天開始上課？我要帶什麼來上課？

秘書：……

14 口頭報告

要求 說一說你小時候的夢想和現在的理想。

例子：

　　跟大部分人一樣，我小時候的夢想跟現在的理想已經不同了。

　　上小學以前，我喜歡唱歌、跳舞。聽媽媽說，我小時候想當歌手（gē shǒu）。

　　上小學以後，媽媽給我買了一架（jià）鋼琴，還請了一位鋼琴老師教我彈鋼琴。我學了三年鋼琴，但是我一點兒都不喜歡彈鋼琴。上四年級的時候，我的好朋友學拉小提琴，所以我也讓媽媽給我買了一把小提琴。我的小提琴老師教得很好，我也拉得不錯。我經常參加比賽，有一次還得了第一名。那時候我的理想是當小提琴家。

　　上中學以後，我開始對繪畫感興趣。我現在想當畫家。中學畢業以後，我打算去美術學院學油畫。

你可以用

a) 我從七歲開始練武術（wǔ dǎ）。那時候我很想當武打明星（míng xīng）。上中學以後，我就不再練了。

b) 我小時候練過體操（tǐ cāo），還參加過表演。那時候我很想參加奧林匹克運動會。上中學以後，我愛上了花樣滑冰，對練體操不感興趣了。

c) 我小時候想做運動員，現在想當演員。我真的很喜歡表演（biǎo yǎn）！

d) 我是在加拿大出生、長大的。我特別喜歡滑雪。我從五歲就開始滑雪，已經滑了十年了。我滑雪滑得很好，還在市裏的滑雪比賽中得過第一名。我的理想是當職業（zhí yè）滑雪運動員。

e) 我的理想是當商人，因為我父母都是成功（chéng gōng）的商人。

第四課　旅遊

生詞 1

❶ ^{xíng}行 carry out　❷ ^{zhèng}政 administrative affairs of certain government departments　^{xíng zhèng}行 政 administrative

^{xíng zhèng qū}行 政 區 administrative area or region　^{tè bié xíng zhèng qū}特別行 政 區 special administrative region

❸ ^{dǎo}島（岛）island　^{xiāng gǎng dǎo}香 港 島 Hong Kong Island　^{bàn dǎo}半 島 peninsula　^{lí dǎo}離 島 islets off a big island

❹ ^{jiǔ lóng}九 龍 Kowloon　❺ ^{xīn jiè}新 界 New Territories　^{xiāng gǎng bāo kuò xiāng gǎng dǎo}香 港 包括香 港 島、^{jiǔ lóng bàn dǎo hé xīn jiè}九 龍 半 島 和 新 界。

❻ ^{sì zhōu}四 周 all around　❼ ^{xǔ}許（许）expressing extent or amount　^{xǔ duō}許多 lots of

❽ ^{jī}積（积）accumulate　^{miàn jī}面積 area　^{xiāng gǎng miàn jī bú dà}香 港 面積不大。

❾ ^{huá}華（华）China; prosperous　❿ ^{yì}裔 descendants　^{huá yì}華裔 foreign citizens of Chinese origin or descent

^{xiāng gǎng yǒu qī bǎi duō wàn rén}香 港 有七百多萬人，^{qí zhōng bǎi fēn zhī jiǔ shí yī shì huá yì}其 中 百分之九十一是華裔。◀ Note: 百分之九十一 = 91%

⓫ ^{fán huá}繁華 flourishing; bustling　⓬ ^{dū shì}都市 city; metropolis　⓭ ^{měi shí}美食 delicious food

⓮ ^{tiān táng}天堂 paradise　^{xiāng gǎng jì shì měi shí tiān táng yòu shì gòu wù tiān táng}香 港 既是"美食天堂"又是"購物天堂"。

⓯ ^{jiāo}郊 suburbs　⓰ ^{yě}野 open country; wild land　^{jiāo yě}郊野 outskirts; countryside　⓱ ^{zì rán}自然 nature

⓲ ^{dú tè}獨特 unique　^{xiāng gǎng yǒu xǔ duō jiāo yě gōng yuán nà li de zì rán fēng jǐng fēi cháng dú tè}香 港 有許多郊野公 園，那裏的自然風 景非常獨特。

⓳ ^{nǐ xiǎng chī shén me jiù néng chī dào shén me}你 想 吃什麼就能吃到什麼。

▲ Grammar: Here "什麼" means whatever. "就" must be used.

⓴ ^{xiāng gǎng zǎi}香 港 仔 Aberdeen (a place in Hong Kong)　㉑^{gōng gòng jiāo tōng}公 共 交 通 public transportation　^{gōng gòng jiāo tōng gōng jiāo}公 共 交 通 = 公 交

㉒ ^{dá}達（达）go through to　^{sì tōng bā dá}四 通 八 達 extend in all directions　^{xiāng gǎng de gōng gòng jiāo tōng sì tōng bā dá}香 港 的公 共 交 通 四 通 八 達。

㉓ ^{dù}渡 cross　^{dù lún}渡輪 ferryboat　㉔ ^{qù chù}去 處 place　^{xiāng gǎng shì yí ge lǚ yóu de hǎo qù chù}香 港 是一個旅遊的好去處。

1 上網查資料，用所給結構完成句子

結構：香港面積不大，有七百多萬人，其中百分之九十一是華裔。

① 澳門面積很小，有六十二萬人，其中……

② 新加坡……

③ 美國……

④ 加拿大……

2 角色扮演

情景　你下個星期要去香港旅遊。聽說香港是一個"購物天堂"，你打算去那裏買一些東西。你去銀行換港幣。

例子：

你：我要換五千港幣。
^{huàn}

銀行職員：好。今天美元對港幣的匯率是
^{zhí yuán}　　　　一比七點七五。換五千港幣要
　　　　六百四十五塊二。

你：給你六百五十塊。

銀行職員：給你五千港幣，
　　　　找你四塊八美
　　　　元。

你：謝謝。再見！

你可以用
a) 人民幣 RMB
b) 美元 US dollar
c) 英鎊 pound sterling
^{yīng bàng}
d) 歐元 Euro
e) 盧布 Russian ruble
^{lú bù}
f) 日元 (Japanese) yen
g) 加元 Canadian dollar
h) 澳元 Australian dollar

3 用所給結構完成句子

A 結構：我哪兒都想去。　　　他什麼都想試試。

你幾點來我家都可以。　　　你什麼時候去香港都可以。

她哪件衣服都喜歡。　　　誰都可以參加比賽。

1) 不管遇到什麼事＿＿＿＿＿＿＿＿＿＿＿＿＿＿＿＿＿＿＿＿＿。

2) 無論誰提的建議＿＿＿＿＿＿＿＿＿＿＿＿＿＿＿＿＿＿＿＿＿。

3) 這是我第一次來北京，我哪兒＿＿＿＿＿＿＿＿＿＿＿＿＿＿＿＿。

4) 你想看哪部電影＿＿＿＿＿＿＿＿＿＿＿＿＿＿＿＿＿＿＿＿＿。

5) 明天你怎麼來＿＿＿＿＿＿＿＿＿＿＿＿＿＿＿＿＿＿＿＿＿＿。

6) 你什麼時候給我打電話＿＿＿＿＿＿＿＿＿＿＿＿＿＿＿＿＿＿。

B 結構：你想買什麼就能買到什麼。　　　你能寫多少就寫多少。

我們想幾點來就幾點來。　　　你想怎麼做就怎麼做。

1) 假期裏，你想幾點起牀＿＿＿＿＿＿＿＿＿＿＿＿＿＿＿＿＿＿。

2) 學校為我們提供了豐富多彩的課外活動，＿＿＿＿＿＿＿＿＿＿。

3) 我家樓下有一家 24 小時便利店，＿＿＿＿＿＿＿＿＿＿＿＿＿。

4) 媽媽為派對準備了很多好吃的，＿＿＿＿＿＿＿＿＿＿＿＿＿＿。

5) 圖書館裏有很多書，＿＿＿＿＿＿＿＿＿＿＿＿＿＿＿＿＿＿＿。

6) 我很喜歡吃自助餐，＿＿＿＿＿＿＿＿＿＿＿＿＿＿＿＿＿＿＿。

> 你能介紹一下香港嗎？

香港是中國的特別行政區（tè bié xíng zhèng qū）。香港包括香港島（xiāng gǎng dǎo）、九龍半島（jiǔ lóng bàn dǎo）和新界（xīn jiè）。香港四周（sì zhōu）還有許多離島（xǔ duō lí dǎo）。香港面積（miàn jī）不大，有七百多萬人，其中百分之九十一是華裔（huá yì）。

> 香港一定很繁華（fán huá）吧？

對。香港是一個繁華的都市（dū shì），既是"美食（měi shí）天堂（tiān táng）"又是"購物天堂"。香港還有許多郊野（jiāo yě）公園，那裏的自然（zì rán）風景非常獨特（dú tè）。

> 為什麼叫香港"美食天堂"、"購物天堂"？

因為在香港有世界各國的飯店。你想吃什麼就能吃到什麼。在香港，從世界名牌商品到物美價廉的日用百貨樣樣都有。你想買什麼就能買到什麼。

> 你最喜歡哪個郊野公園？

我最喜歡香港仔（xiāng gǎng zǎi）郊野公園。

> 香港的交通方便嗎？

香港的公共交通（gōng gòng jiāo tōng）四通八達（sì tōng bā dá）。除了公交（gōng jiāo）車，還有電車、地鐵、渡輪（dù lún）等等。香港是一個旅遊的好去處（qù chù）。

情景 你想去度假。你跟旅行社的職員 ^{zhí yuán} 諮詢。^{zī xún}

例子：

職員：你想去哪兒旅行？

你：我聽説台北是一個旅遊的好去 ^{tái běi} 處。請你為我介紹一下。

職員：台北在台灣島的北部，是台灣 最大的城市。

你：在台北可以做什麼？

職員：你可以去參觀故宮博物院。那 ^{bó wù yuàn} 是一座藝術寶庫。你還可以去 ^{bǎo kù} 士林夜市。那是台北最有名的 ^{shì lín yè shì} 夜市。在士林夜市你可以買到 各種流行服飾，價錢都挺便宜 ^{fú shì} 的。在那裏，你還可以吃到各 種小吃和台灣地道的美食，好 ^{xiǎo chī} 吃得不得了。

你：台北的自然風景怎麼樣？

職員：台北周圍的自然風景非常漂 亮。我建議你去陽 ^{yáng} 明山國家公園，那 ^{míng shān} 裏風景優美，還可 以泡溫泉。^{pào wēn quán}

你：聽起來不錯。……

你可以用

a) 北京是中國的首都。

b) 北京有很多名勝古跡。你 可以遊覽故宮、天安門、 頤和園等著名旅遊景點。

c) 坐人力車逛北京胡同一定 會給你留下深刻的印象。^{shēn kè}

d) 北京的古建築非常獨特。

e) 你可以去登長城。長城很 長，像一條巨龍一樣。

f) 北京是一個既古老又現代 的城市。

g) 北京有大商場，也有小商 店。你在北京可以買到很 多有中國特色的東西。^{tè sè}

生詞 2 15

① wén míng
文明 civilized; civilization

② gǔ guó
古國 country with a long history

zhōng guó shì shì jiè sì dà wén míng gǔ guó zhī yī
中國是世界四大文明古國之一。

③ chēng
稱（称）name

quán chēng
全稱 full name

④ gòng hé guó
共和國 republic

zhōng huá rén mín gòng hé guó
中華人民共和國 the People's Republic of China

⑤ lì
立 set up

chéng lì
成立 establish; found

zhōng huá rén mín gòng hé guó　　nián　　yuè　　rì chéng lì
中華人民共和國 1949 年 10 月 1 日成立。

⑥ píng fāng
平方 square

⑦ gōng lǐ
公里 kilometre

⑧ pái
排 arrange in order

⑨ zhī hòu
之後 after; afterwards

zhōng guó shì shì jiè dì sān dà guó　　pái zài é luó sī hé jiā ná dà zhī hòu
中國是世界第三大國，排在俄羅斯和加拿大之後。

⑩ mù qián
目前 at present

⑪ rén kǒu
人口 population

⑫ chāo guò
超過 surpass

⑬ yì
億（亿）hundred million

⑭ zhàn
佔（占）make up

mù qián zhōng guó de rén kǒu yǐ jīng chāo guò le shí sān yì　　zhàn shì jiè rén kǒu de wǔ fēn zhī yī
目前中國的人口已經超過了十三億，佔世界人口的五分之一。

Note: 五分之一 = $\frac{1}{5}$

⑮ zú
族 ethnic group

mín zú
民族 nationality

hàn zú
漢族 Han nationality

⑯ shǎo shù
少數 minority

shǎo shù mín zú
少數民族 minority nationality

⑰ zǒng
總 total

⑱ shěng
省 province

⑲ zhì
治 rule; govern

zì zhì qū
自治區 autonomous region

⑳ xiá
轄（辖）govern

zhí xiá shì
直轄市 municipality directly under the Central Government

㉑ shān dì
山地 mountainous region

㉒ yuán
原 plain; open country

gāo yuán
高原 plateau

píng yuán
平原 plain; flatlands

㉓ xíng
形 form; shape

dì xíng
地形 terrain

㉔ yán hǎi
沿海 coastal

zhōng guó de dōng nán yán hǎi yǒu xǔ duō dǎo
中國的東南沿海有許多島。

㉕ tái wān
台灣（湾）島 Taiwan Island

dǎo

㉖ hǎi nán dǎo
海南島 Hainan Island

㉗ hé
河 river

hé liú
河流 rivers

㉘ hú
湖 lake

㉙ pō
泊 lake

hú pō
湖泊 lakes

㉚ jiāng
江 river

cháng jiāng
長江 the Yangtze River

㉛ huáng hé
黃河 the Yellow River

5 學一學

十億	億	千萬	百萬	十萬	萬	千	百	十	個	
								3	6	三十六
							5	2	1	五百二十一
						9,	2	0	4	九千二百零四
					7	8,	0	0	0	七萬八千
				2	0	0,	5	4	0	二十萬零五百四十
			6,	3	8	0,	0	0	0	六百三十八萬
		8	1,	4	3	0,	0	0	0	八千一百四十三萬
	4	5	3,	0	6	3,	0	0	0	四億五千三百零六萬三千
1,	3	0	0,	0	0	0,	0	0	0	十三億

1) 231　　　　2) 4,816　　　　3) 719,800　　　　4) 5,496,070

5) 3,854　　　　6) 32,900　　　　7) 800,000　　　　8) 7,050,800

9) $\frac{3}{5}$　　　　10) $\frac{1}{2}$　　　　11) 78.5%　　　　12) 25%

6 完成句子

例子：中國在亞洲的東南部。

1) 俄羅斯在 _____ 。

2) 加拿大在 _____ 。

3) 美國在 _____ 。

4) 英國在 _____ 。

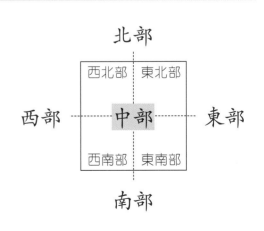

7 小組活動

要求 在規定的時間裏上網找答案。

1) 中國是世界四大文明古國之一。其他三個文明古國是 _____

_____。

2) 全世界大約有 _____ 人。中國是世界上人口最多的國家。

排在第二的國家是 _____。

3) _____ 是世界第一大國，總面積有 _____平方公里。

4) 中國的五個自治區是 _____。

5) 中國的兩個特別行政區是 _____。

6) 中國的首都是 _____。那裏有 _____ 人。

7) 台灣島在中國的 _____，總面積有 _____平方公里，

大約有 _____ 人。

8 聽課文錄音，回答問題

1) 中國的全稱叫什麼？

2) 中國的面積有多大？

3) 哪些國家比中國大？

4) 目前中國有多少人？

5) 中國有多少個民族？

6) 中國有多少個省？

7) 中國的第一大島是什麼島？

8) 中國第二大河是什麼河？

中國是世界四大文明古國之一。中國的全稱叫中華人民共和國。中華人民共和國 1949 年 10 月 1 日成立。

中國在亞洲的東南部。中國的面積有九百六十萬平方公里，是世界第三大國，排在俄羅斯和加拿大之後。目前中國的人口已經超過了十三億，佔世界人口的五分之一，是世界上人口最多的國家。中國是一個多民族國家，一共有五十六個民族，其中漢族人口最多，少數民族人口佔總人口的百分之八點四九。中國有二十三個省、五個自治區、四個直轄市和兩個特別行政區。中國的首都是北京。

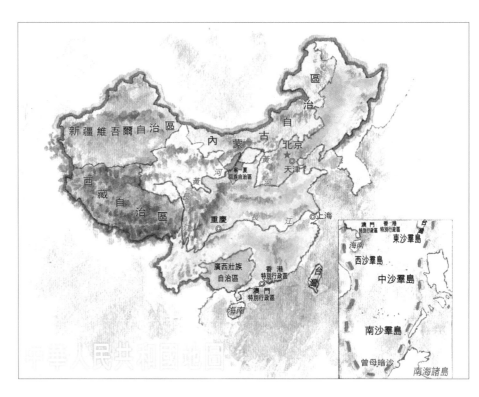

中國有山地、高原、平原等各種地形。中國的東南沿海有許多島，其中台灣島最大，海南島是第二大島。中國有許多河流和湖泊。長江是中國第一大河，世界第三大河。黃河是中國第二大河。

9 小組活動

要求 上網查資料，介紹一個國家。

例子：

• 中國的全稱叫中華人民共和國。

• 中國在亞洲的東南部。

• 中國的面積有九百六十萬平方公里，是世界第三大國。

• 中國的人口已經超過了十三億，佔世界人口的五分之一，是世界上人口最多的國家。

① **俄羅斯**

• 俄羅斯的全稱叫……

• 俄羅斯在……

• 俄羅斯的面積……

• 俄羅斯的人口……

④ **加拿大**

•

•

•

•

② **美國**

• 美國的全稱叫……

• 美國在……

• 美國的面積……

• 美國的人口……

⑤ **英國**

•

•

•

•

③ **新加坡**

•

•

•

•

⑥ **你的國家**

•

•

•

•

情景 你剛度假回來。你很喜歡那個地方，建議同學也去那裏旅遊。

例子：

你：我剛從海南島度假回來。海南島真是一個旅遊的好去處！

同學：海南島在哪裏？

你：在中國的最南邊，是中國第二大島。

同學：那裏有什麼好玩的？

你：海南島有山地、平原等地形。島上有一百多條河。遊客（yóu kè）可以爬山，還可以做很多水上運動，比如乘快艇、乘摩托艇、釣魚等。三亞有中國最美的海灘。

同學：聽起來很好玩。海南島有什麼特產？

你：……

海南島

- 海南島是中國第二大島，是中國最南邊的一個省。
- 海南島的面積有三點五萬平方公里，有八百六十多萬人。
- 海南島有山地、平原等地形。島上有一百多條河。
- 海南島長夏無冬，是一個旅遊的好去處。
- 海南島的特產（tè chǎn）有熱帶（rè dài）水果和海鮮（hǎi xiān）。
- 海口（hǎi kǒu）是海南島的省會（shěng huì）。在那裏可以看火山口（huǒ shān kǒu）、看古建築、觀賞熱帶植物（zhí wù）。
- 三亞（sān yà）有中國最美的海灘（hǎi tān）。
- 在亞龍灣（yà lóng wān）可以做很多水上運動，比如潛水（qián shuǐ）、衝浪（chōng làng）、游泳、乘快艇（kuài tǐng）、乘摩托艇（mó tuō tǐng）、釣魚（diào yú）。

11 根據實際情況回答問題

1) 你去過中國嗎？去過幾次？最近一次是什麼時候？你是跟誰一起去的？去了哪幾個城市？待了幾天？你們在中國期間天氣怎麼樣？

2) 你們在中國期間坐過高鐵嗎？你們一般乘坐什麼交通工具？

3) 你們在中國期間住在哪裏？你們住過公寓式酒店嗎？

4) 你去過北京嗎？北京是一座什麼樣的城市？北京有哪些著名的旅遊景點？在北京期間，你吃了什麼美食？買了什麼紀念品？你對北京的印象怎麼樣？

5) 如果有機會去上海旅行，你會去嗎？你打算什麼時候去？去幾天？去哪些景點？你想吃些什麼？想買些什麼？

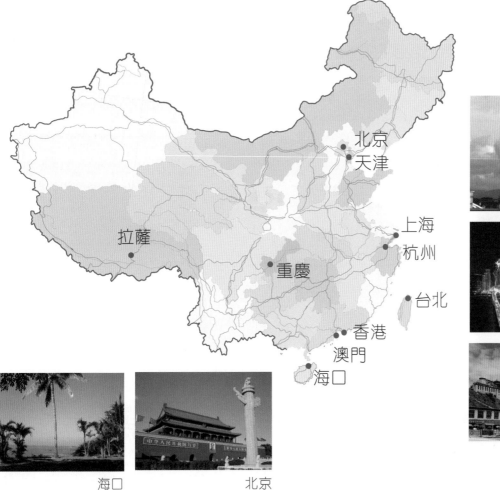

海口　　　　　　北京

台北

ào mén
澳門

lā sà
拉薩

生詞1 17

① 麻煩 *má fan* bother (someone)　② 遊學 *yóu xué* study tour　麻煩您給我介紹一下上海遊學計劃。
má fan nín gěi wǒ jiè shào yí xià shàng hǎi yóu xué jì huà

③ 文化 *wén huà* culture　這個遊學計劃包括兩個部分：漢語課和文化課。
zhè ge yóu xué jì huà bāo kuò liǎng ge bù fen　hàn yǔ kè hé wén huà kè

④ 困 *kùn* difficulty　困難 *kùn nan* difficulty

在漢字學習方面，我遇到了一些困難。我總是記不住漢字，學了就忘。
zài hàn zì xué xí fāng miàn　wǒ yù dào le yì xiē kùn nan　wǒ zǒng shì jì bu zhù hàn zì　xué le jiù wàng

▲ Grammar: a) "不住" serves as the complement of potential.
　　　　b) Pattern: Verb+ 得 / 不 + Complement of Result

⑤ 初級 *chū jí* elementary　⑥ 方 *fāng* method　⑦ 法 *fǎ* method　方法 *fāng fǎ* method　⑧ 內容 *nèi róng* content

⑨ 呢 *ne* a particle　文化課包括什麼內容呢？
wén huà kè bāo kuò shén me nèi róng ne

▲ Grammar: "呢" can be put at the end of a question to indicate a leisurely tone.

⑩ 箏（筝）*zhēng* ancient Chinese zither　風箏 *fēng zheng* kite　⑪ 剪 *jiǎn* cut (with scissors)　剪紙 *jiǎn zhǐ* paper-cut

⑫ 京劇 *jīng jù* Beijing opera　⑬ 譜（谱）*pǔ* manual; guide　臉譜 *liǎn pǔ* types of facial make-up in Chinese operas

⑭ 雜技 *zá jì* acrobatics　⑮ 表演 *biǎo yǎn* performance　⑯ 安排 *ān pái* arrange　週末會安排你們看雜技表演。
zhōu mò huì ān pái nǐ men kàn zá jì biǎo yǎn

⑰ 灘（滩）*tān* beach　外灘 *wài tān* the Bund (in Shanghai)　⑱ 東方 *dōng fāng* east

⑲ 珠 *zhū* pearl　明珠 *míng zhū* bright pearl　⑳ 塔 *tǎ* tower　東方明珠電視塔 *dōng fāng míng zhū diàn shì tǎ* Oriental Pearl TV Tower

㉑ 廟（庙）*miào* temple　城隍廟 *chéng huáng miào* town god's temple　㉒ 獅子 *shī zi* lion　獅子頭 *shī zi tóu* large meatball

㉓ 色 *sè* kind　特色 *tè sè* distinctive feature

㉔ 好 *hǎo* so that　您再給我介紹一下上海的天氣吧！我好決定什麼時候去。
nín zài gěi wǒ jiè shào yí xià shàng hǎi de tiān qì ba　wǒ hǎo jué dìng shén me shí hou qù

㉕ 暖和 *nuǎn huo* warm　㉖ 涼（凉）*liáng* cool; cold　涼快 *liáng kuai* nice and cool

1 用所給結構及詞語看圖説話

結構：我總是記不住漢字，學了就忘。

香港是"購物天堂"，什麼都買得到。

① 畫　完
我今天可能畫不
完這幅水彩畫。

② 看　完
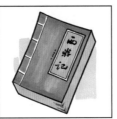

③ 寫　完

④ 買　到

⑤ 吃　完

⑥ 考　上

2 小組活動

要求　列出去中國各地遊學的文化活動。

文化課	各地的旅遊景點
• 畫京劇臉譜 • • • • •	• 北京：故宮 • 上海： • 哈爾濱： • 西安： • 香港： • 台北：

3 用所給結構完成句子

結構：文化課包括什麼內容呢？

1) 你大學想學 ＿＿＿＿ 專業 ＿＿ ？

2) 你大學畢業後想去 ＿＿＿＿ 工作 ＿＿ ？

3) ＿＿＿＿ 叫香港 "美食天堂" ＿＿ ？

4) 你 ＿＿＿＿ 不發表意見 ＿＿ ？

5) 你 ＿＿＿＿ 總是跟哥哥吵架 ＿＿ ？

6) 對你影響最大的人是 ＿＿＿＿ ？

4 口頭報告

要求 選一個中國的城市，介紹它的地理
位置和氣候。
wèi zhì qì hòu

例子：

　　上海在中國的東南部。上海一年
有四個季節：春天、夏天、秋天和冬
天。上海的春秋比較短，冬夏比較長。

　　上海的四季很分明。春天挺暖和
的，常常下雨，氣溫一般在十五度左
右。……

你可以用

a) 北京的秋天常常是晴天。

b) 北京的夏天很少下雨。

c) 台北的夏天常常有颱風。

d) 西安的冬天很冷，氣溫
在五度到零下十度之
間。

e) 南京的秋天天氣最好，
不冷也不熱。

f) 上海的秋天氣溫在十度
到十八度之間。

g) 哈爾濱的冬天特別冷，
還常常下雪。

課文 1 🎧18

má fan
麻煩您給我介紹一下上海遊學計劃。
yóu xué

這個遊學計劃包括兩個部分：漢
wén huà
語課和文化課。

我只學過一個學期漢語。在漢字
學習方面，我遇到了一些困難。
kùn nan
我總是記不住漢字，學了就忘。

那你可以參加初級班。我們的
chū jí
老師會教你記漢字的好方法。
fāng fǎ

文化課包括什麼內容呢？
nèi róng ne

文化課包括做風箏、剪紙、畫京劇臉譜、畫國
fēng zheng　jiǎn zhǐ　jīng jù liǎn pǔ
畫、寫毛筆字等。週末會安排你們看雜技表演，遊
ān pái　zá jì biǎo yǎn
覽外灘、東方明珠電視塔、城隍廟等景點。你們
wài tān　dōng fāng míng zhū diàn shì tǎ　chéng huáng miào
還有機會品嘗上海美食，比如小籠包、獅子頭等。
shī zi tóu

聽起來很有特色。您再給我介紹一下
tè sè
上海的天氣吧！我好決定什麼時候去。
hǎo

上海的春天挺暖和的。夏天非常熱，氣溫常常
nuǎn huo
在三十度以上。秋天很涼快。冬天不太冷，氣
liáng kuai
溫在零度左右。建議你春天或者秋天去。

5 用所給結構及詞語完成句子

結構：您再給我介紹一下上海的天氣吧！我好決定什麼時候去。

1) 快把碗筷擺好，我們好＿＿＿＿＿＿＿＿＿＿＿＿＿。（吃飯）

2) 你先告訴我你打算在北京待幾天，＿＿＿＿＿＿＿＿。（安排）

3) 快把作業做完，＿＿＿＿＿＿＿＿＿＿＿＿＿。（看電影）

4) 我想把數碼相機帶上，＿＿＿＿＿＿＿＿＿＿＿。（拍照片）

5) 請把毛筆、墨水、紙準備好，＿＿＿＿＿＿＿＿。（寫毛筆字）

6 角色扮演

情景 你給負責遊學團(yóu xué tuán)的王小姐打電話諮詢。可以參用以下問題。

1) 這個遊學團包括幾個部分？

2) 學生每天都上漢語課嗎？
   一天上幾個小時漢語課？

3) 文化課包括什麼內容？

4) 週末有什麼活動？

5) 學生住在哪裏？

6) 團費(tuán fèi)是多少錢？

北京九日遊學團

日期： 10 月 24 至 11 月 1 日

團費： 12,000 人民幣
（包括食宿(shí sù)、門票(mén piào)和交通費）

漢語課： 週一至週五 8:30-12:30

文化課： 週一至週五 13:30-16:30
做風箏、畫京劇臉譜、畫國畫、寫毛筆字、剪紙、練武術、跳民族舞

旅遊： 週末
遊覽長城、頤和園、故宮、天安門廣場、胡同、奧林匹克公園、鳥巢(niǎo cháo)、水立方(shuǐ lì fāng)，參觀北京大學，觀看雜技表演

住宿： 北京大學學生宿舍(sù shè)

生詞 2 🎧 19

① **普** pǔ general; common　　**普通** pǔ tōng ordinary; common　　**普通話** pǔ tōng huà putonghua, common speech (of the Chinese Language)

② **官** guān government official　　**官方** guān fāng official　　**漢語普通話是中國的官方語言。** hàn yǔ pǔ tōng huà shì zhōng guó de guān fāng yǔ yán

③ **陸（陆）** lù land　　**大陸** dà lù continent; mainland　　④ **馬來西亞** mǎ lái xī yà Malaysia

⑤ **使** shǐ use　　**使用** shǐ yòng use　　⑥ **讀音** dú yīn pronunciation　　⑦ **拼** pīn put together　　**拼音** pīn yīn Pinyin

⑧ **示** shì show　　**表示** biǎo shì express; show　　**漢語的讀音可以用拼音表示。** hàn yǔ de dú yīn kě yǐ yòng pīn yīn biǎo shì

⑨ **聲（声）** shēng tone　　⑩ **調** diào tone　　**聲調** shēng diào tone　　**普通話有四個聲調。** pǔ tōng huà yǒu sì ge shēng diào

⑪ **確（确）** què true　　**正確** zhèng què correct　　⑫ **發音** fā yīn pronunciation　　⑬ **詞（词）** cí word

⑭ **多數** duō shù majority; most　　**大多數** dà duō shù great majority　　⑮ **由** yóu by

⑯ **組成** zǔ chéng consist of　　**漢語的詞大多數是由兩個或兩個以上漢字組成的。** hàn yǔ de cí dà duō shù shì yóu liǎng ge huò liǎng ge yǐ shàng hàn zì zǔ chéng de

> **Grammar: Pattern: ... 由 ... 組成**

⑰ **例如** lì rú for example　　⑱ **當** dāng when; while　　⑲ **句** jù sentence　　**句子** jù zi sentence　　⑳ **猜** cāi guess

㉑ **大意** dà yì general idea; main points

當你知道一個句子裏每個詞的意思時，差不多就能猜出這個句子的大意了。 dāng nǐ zhī dào yí ge jù zi li měi ge cí de yì si shí chà bu duō jiù néng cāi chū zhè ge jù zi de dà yì le

> **Grammar: Pattern: 當 ... 時**

㉒ **文字** wén zì characters　　**漢字是世界上最古老的文字之一。** hàn zì shì shì jiè shang zuì gǔ lǎo de wén zì zhī yī

㉓ **簡體字** jiǎn tǐ zì simplified Chinese characters　　㉔ **繁體字** fán tǐ zì traditional Chinese characters

㉕ **總數** zǒng shù total　　**漢字的總數超過八萬個，但是常用字只有三千五百個左右。** hàn zì de zǒng shù chāo guò bā wàn ge dàn shì cháng yòng zì zhǐ yǒu sān qiān wǔ bǎi ge zuǒ yòu

㉖ **懂** dǒng understand　　㉗ **書報** shū bào books and newspapers　　㉘ **章** zhāng chapter　　**文章** wén zhāng article

結構：漢語的詞大多數是由兩個或兩個以上漢字組成的。

①

中華民族⋯⋯

②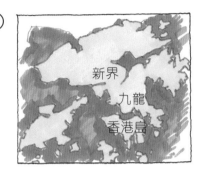

香港⋯⋯

③

學校的網球隊⋯⋯

④

遊學計劃⋯⋯

8 小組活動

要求 在規定的時間裏找到相應的簡體字。

1) 車→　　2) 畫→　　3) 區→

4) 鳥→　　5) 飛→　　6) 國→

7) 馬→　　8) 兒→　　9) 來→

10) 門→　　11) 兩→　　12) 愛→

13) 書→　　14) 亞→　　15) 習→

9 用所給結構及詞語完成句子

結構：當你知道一個句子裏每個詞的意思時，差不多就能猜出這個句子的大意了。

1) 當你學會了三千五百個常用漢字時，＿＿＿＿＿＿＿。（看懂）

2) 當我生病時，＿＿＿＿＿＿＿＿＿＿＿＿。（照顧）

3) 當我不快樂時，＿＿＿＿＿＿＿＿＿＿＿。（聊）

4) 當我遇到煩惱時，＿＿＿＿＿＿＿＿＿＿。（講）

5) 當她遇到困難時，＿＿＿＿＿＿＿＿＿＿。（幫）

6) 當他獲得男子網球單打冠軍時，＿＿＿＿＿＿。（跳）

10 聽課文錄音，回答問題

1) 哪些國家和地區使用漢語？

2) 漢語的讀音可以用什麼表示？

3) 漢語的詞一般由幾個字組成？

4) 漢語的語法難不難？

5) 漢字的歷史有多長？

6) 哪些地區使用繁體字？

7) 漢字中有多少個常用字？

8) 學會常用字後可以做什麼？

漢語普通話是中國的官方語言。目前中國大陸、香港、澳門、台灣、新加坡和馬來西亞都使用漢語。

漢語的讀音可以用拼音表示。普通話有四個聲調。正確的發音和聲調十分重要。

漢語的詞大多數是由兩個或兩個以上漢字組成的，例如"語言"、"出租車"、"四通八達"。差不多每個漢字都有意思。

漢語的語法不太難。當你知道一個句子裏每個詞的意思時，差不多就能猜出這個句子的大意了。

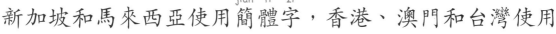

漢字大約有三千年的歷史，是世界上最古老的文字之一。目前中國大陸、新加坡和馬來西亞使用簡體字，香港、澳門和台灣使用繁體字。漢字的總數超過八萬個，但是常用字只有三千五百個左右。學會了這三千五百個字後，你就能看懂中文書報、用中文寫文章了。

11 口頭報告

要求 你的朋友沒有學過漢語。你給他 / 她介紹一下漢語。可以參用以下問題。

1) 你已經學了幾年漢語了？你學得怎麼樣？你為什麼學漢語？

2) 漢語的發音難嗎？普通話一共有幾個聲調？

3) 漢語的語法難學嗎？

4) 漢字難寫嗎？漢字難記嗎？

5) 漢字一共有多少個？常用字一共有多少個？你學了多少個漢字了？

6) 漢字有簡體字和繁體字。哪些國家使用簡體字？你學的是簡體字還是繁體字？

例子：

　　我從小學三年級開始學漢語，已經學了八年了。

　　在小學，每個學生都要學漢語。我們每天都有一節漢語課。那時候我的漢語學得不好。

　　上中學後，我慢慢地開始對漢語感興趣。現在我的漢語成績不錯。……

— 你可以用 —

a) 我覺得漢字不難寫，但是很難記。

b) 我認為漢語很有用。如果會說漢語，我可以去中國讀大學。大學畢業以後，我還可以留在中國工作。

c) 我漢語學得不錯。書報上簡單的文章我都看得懂。

d) 我已經學了一千多個漢字、幾千個詞了。

e) 普通話有四個聲調。

f) 正確的發音很重要。如果發音不正確，別人可能會聽不懂。

1) 你有沒有去過中國？你是哪年去的？你去了哪個城市？待了多長時間？你對那裏的印象怎麼樣？

2) 你去過上海嗎？上海有哪些旅遊景點？如果去上海，你想遊覽哪些景點？想吃什麼美食？你會選擇哪個季節去？為什麼？

3) 你去過北京嗎？北京有哪些有名的旅遊景點？你最喜歡哪個景點？你吃過北京烤鴨嗎？北京烤鴨好吃嗎？

4) 除了上海和北京以外，你還去過中國的哪些地方？

5) 如果明年暑假有機會去中國旅行兩個星期，你會去嗎？你想去哪個城市？為什麼想去那裏？

你可以用

a) 去年寒假我參加了一個漢語遊學團。我在北京學了十天漢語。

b) 我對北京的印象非常好。北京有很多名勝古跡，比如長城、頤和園、故宮等。北京還有很多美食。我最愛吃烤鴨。

c) 北京是一個既古老又現代的城市。北京有很多獨特的古建築，也有現代化的高樓。

d) 我最喜歡長城。長城很長，像一條巨龍一樣。

e) 北京人很熱情、很友好。

13 小組活動

A 寫縮寫

例子：奧林匹克運動會 → 奧運會

1) 電子郵件　　2) 北京大學

3) 公共交通　　4) 人民警察

5) 第一中學　　6) 清華大學

B 猜意思

例子：T 恤衫 → T-shirt

1) U 盤　2) K 歌　3) B 超　4) PC 機　5) ATM 機　6) SIM 卡

C 猜意思

例子：粉絲 → fans

1) 卡通　　　　2) 卡路里　　　3) 三文魚　　　4) 考拉

5) 芒果 (máng guǒ)　6) 吉普車 (jí pǔ chē)　7) 芭蕾舞 (bā lěi wǔ)　8) 咖喱 (gā lí)

14 口頭報告

要求　介紹你的母語。你要介紹：

• 哪些國家 / 地區使用這種語言
• 這種語言有多少年的歷史
• 這種語言有多少個常用詞
• 這種語言的語法難不難

例子：

　　我會說英語、漢語和一點兒法語。今天我來介紹一下法語。法語是法國的官方語言。……等地也使用法語。……

生詞 1 21

duǎn xùn bān
❶ 短訓班 short-term training course　❷ 強 (强) qiáng strong　❸ 化 huà -ize; -ify　強化 qiáng huà strengthen　❹ 水平 shuǐ píng standard; level

tí gāo
❺ 提高 improve　通過一個月的強化訓練，我的漢語水平提高了不少。
tōng guò yí ge yuè de qiáng huà xùn liàn　wǒ de hàn yǔ shuǐ píng tí gāo le bù shǎo

jù tǐ
❻ 具體 specific　請給我具體介紹一下。
qǐng gěi wǒ jù tǐ jiè shào yí xià

jiǎng kè
❼ 講課 teach; lecture　課上老師用漢語講課。　❽ 答 dá answer　回答 huí dá answer
kè shang lǎo shī yòng hàn yǔ jiǎng kè

tīng xiě
❾ 聽寫 dictation　❿ 口頭 kǒu tóu oral　⓫ 報告 bào gào report　⓬ 辦 (办) bàn handle

tīng lì
⓭ 聽力 listening comprehension　⓮ 口語 kǒu yǔ spoken language　⓯ 能力 néng lì ability

xià lai
⓰ 下來 end　一個月下來，我的聽力和口語能力有了很大的提高。
yí ge yuè xià lai　wǒ de tīng lì hé kǒu yǔ néng lì yǒu le hěn dà de tí gāo

lì　　liú lì
⓱ 利 smooth　流利 fluent　現在我說漢語說得比以前流利了。　⓲ 準 zhǔn accurate
xiàn zài wǒ shuō hàn yǔ shuō de bǐ yǐ qián liú lì le

> **Grammar: Sentence Pattern: A(+ Verb + Object) + Verb + 得 + 比 + B + Adjective**

zào　　zào jù
⓳ 造 make　造句 make sentences　⓴ 翻 fān translate; interpret　㉑ 譯 yì translate; interpret　翻譯 fān yì translate; interpret

piān
㉒ 篇 a measure word (used for writing)　兩篇文章 liǎng piān wén zhāng　㉓ 生 shēng not familiar　生詞 shēng cí new word

chāo
㉔ 抄 copy　如果遇到生字、生詞，我們要把它抄到生字本上。
rú guǒ yù dào shēng zì　shēng cí　wǒ men yào bǎ tā chāo dào shēng zì běn shang

> **Grammar: Sentence Pattern: Subject + 把 + Object + Verb + 到 / 在 / 給 / 成 + Other Elements**

biàn
㉕ 遍 time; a measure word (denoting an action from beginning to end)

我們每個生詞抄十遍。
wǒ men měi ge shēng cí chāo shí biàn

zuò wén
㉖ 作文 composition　㉗ 學費 xué fèi tuition fee

> **Grammar: a)** "十遍" serves as the complement of quantity (frequency).
> **b)** Pattern: Verb + Complement of Quantity (Frequency)

zhí　　zhí dé
㉘ 值 be worth　值得 be worth

短訓班的學費挺貴的，但是很值得。
duǎn xùn bān de xué fèi tǐng guì de　dàn shì hěn zhí dé

1 用所給結構及詞語看圖完成句子

結構：<u>一個月下來</u>，我的聽力和口語能力有了很大的提高。

①
提高

我每個星期都翻譯一篇文章。半年下來，……

②
流利

我一有機會就説漢語。一個學期下來，……

③
寫

我每天都抄半個小時漢字。三個月下來，……

④
學

我每天都學十個生詞。一個月下來，……

2 小組活動

要求　説一説你們的漢語課。

在漢語課上，你們做什麼？
• 用漢語問問題
•
•
•
•
•
•
•

你們要做什麼漢語作業？
• 抄生字、生詞
•
•
•
•
•
•
•

3 用所給結構及詞語看圖完成句子

結構：現在我說漢語說得比以前流利了。

①  他打羽毛球
……

②  他彈鋼琴
……

③  他下國際象棋
……

④  她寫作文
……

4 用所給結構及詞語完成句子

結構：如果遇到生字、生詞，我們要把它抄到生字本上。

1) 旅行前我們不得不＿＿＿＿＿＿＿＿＿。（小狗　送　寄養中心）

2) 你現在＿＿＿＿＿＿＿＿＿＿＿＿＿。（髒衣服　放　洗衣機）

3) 我們＿＿＿＿＿＿＿＿＿＿＿＿＿＿。（蔬菜　放　冰箱）

4) 我們應該＿＿＿＿＿＿＿＿＿＿＿＿。（電扇　放　客廳）

5) 你可以＿＿＿＿＿＿＿＿＿＿＿＿＿＿。（花　放　陽台）

6) 不要＿＿＿＿＿＿＿＿＿＿＿。（數碼相機　放　行李箱）

7) 請你們＿＿＿＿＿＿＿＿＿＿＿＿。（名字　寫　本子）

8) 請幫我＿＿＿＿＿＿＿＿＿＿＿＿＿。（這幅國畫　掛　牆）

課文 1 22

聽說你參加了一個漢語短訓班。你覺得怎麼樣？
duǎn xùn bān

通過一個月的強化訓練，我的漢語水平提高了不少。
qiáng huà shuǐ píng tí gāo

請給我具體介紹一下。
jù tǐ

短訓班要求我們只能用漢語。課上老師用漢語講課，我們用漢語回答問題。我們每天還有聽寫和口頭報告。
jiǎng kè huí dá tīng xiě kǒu tóu bào gào

如果你聽不懂老師講課，怎麼辦？
bàn

我會問老師。

你們課下也用漢語嗎？

我們課下也要用漢語。一個月下來，我的聽力和口語能力有了很大的提高。現在我說漢語說得比以前流利了，發音更準了。別人說的話我也差不多都聽得懂了。
xià lai tīng lì kǒu yǔ néng lì liú lì zhǔn

你們每天要做什麼作業？

除了造句、翻譯，我們每天還要讀兩篇文章。如果遇到生字、生詞，我們要把它抄到生字本上，每個生詞抄十遍。每個週末我們還要寫一篇作文。
zào jù fān yì piān shēng cí chāo biàn zuò wén

聽起來不錯。學費貴嗎？
xué fèi

挺貴的，但是很值得。你也應該參加這個短訓班。
zhí dé

5 翻譯

1) 這本書我看了兩遍。

2) 這部電影他看了三遍。

3) 我去過三次北京。

4) 我參加過一次漢語短訓班。

5) 他參加過兩次奧運會。

6) 我每天都帶狗散兩次步。

6 口頭報告

要求　說一說你今年的漢語學習。

• 你一週有幾節漢語課

• 你課上、課下怎麼學漢語

• 你覺得漢語哪方面比較難學

• 你經常有測驗／考試嗎

• 你的漢語成績怎麼樣

例子：

　　我們每個星期有三節漢語課。課上，老師一般用漢語講課。如果我們聽不懂，他會用英語再講一遍。我們在課上經常做聽力練習、造句練習、翻譯練習等等。我們還有很多小組活動和小任務。課下，我……

你可以用

a) 我們經常有漢語測驗。我的測驗成績挺不錯的。

b) 我是一個努力學習的人。我一般會在考試前兩個星期開始複習，所以我每次考試都能得九十多分。

c) 我覺得漢字不難寫，但是很難記。

d) 我覺得漢語拼音不難，但是聲調很難。我總是記不住生詞的聲調。

e) 我認為寫作文最難。好多詞我都不會，好多字我都寫不出來。

① 收穫（获）*shōu huò* gains

② 逼 *bī* force
小時候每個週末父母都逼着我上漢語班。
xiǎo shí hou měi ge zhōu mò fù mǔ dōu bī zhe wǒ shàng hàn yǔ bān

③ 認識 *rèn shi* understand; know

④ 性 *xìng* a noun-forming suffix　重要性 *zhòng yào xìng* importance
那時我還沒有認識到學漢語的重要性。
nà shí wǒ hái méi yǒu rèn shi dào xué hàn yǔ de zhòng yào xìng

⑤ 哭 *kū* cry; weep　**⑥** 以為 *yǐ wéi* think; believe　**⑦** 浪 *làng* unrestrained　浪費 *làng fèi* waste

⑧ 效 *xiào* effect　效果 *xiào guǒ* effect; result　有效 *yǒu xiào* effective　**⑨** 原來 *yuán lái* as it turns out to be

⑩ 體會 *tǐ huì* know (from experience)
我體會到原來強化學習漢語很有效。
wǒ tǐ huì dào yuán lái qiáng huà xué xí hàn yǔ hěn yǒu xiào

⑪ 發現 *fā xiàn* find　**⑫** 項（项）*xiàng* a measure word (used of itemized things)　**⑬** 技能 *jì néng* skill

⑭ 相當 *xiāng dāng* quite
我發現我的聽、説、讀、寫四項技能都得到了相當大的提高。
wǒ fā xiàn wǒ de tīng shuō dú xiě sì xiàng jì néng dōu dé dào le xiāng dāng dà de tí gāo

⑮ 閱（阅）*yuè* read　閱讀 *yuè dú* read　**⑯** 寫作 *xiě zuò* writing　**⑰** 彙（汇）*huì* collection　詞彙 *cí huì* vocabulary

⑱ 增 *zēng* increase　**⑲** 加 *jiā* increase　增加 *zēng jiā* increase
我的詞彙量增加了。
wǒ de cí huì liàng zēng jiā le

⑳ 錯別字 *cuò bié zì* wrongly written character　**㉑** 養 *yǎng* form; cultivate　**㉒** 成 *chéng* complete

㉓ 過程 *guò chéng* course; process
在暑期班學習的過程中，我還養成了一些好的學習習慣。
zài shǔ qī bān xué xí de guò chéng zhōng, wǒ hái yǎng chéng le yì xiē hǎo de xué xí xí guàn

Grammar: **Pattern: 在 ... 的過程中**

㉔ 背 *bèi* recite　**㉕** 單詞 *dān cí* word　**㉖** 堅（坚）*jiān* firm　堅持 *jiān chí* persist in; persevere in

㉗ 下去 *xia qu* indicate the continuation of an action
相信只要堅持下去，我的漢語就一定會有更大的進步。
xiāng xìn zhǐ yào jiān chí xia qu, wǒ de hàn yǔ jiù yí dìng huì yǒu gèng dà de jìn bù

Grammar: **a) Pattern: Verb + 下去**
b) This pattern is used to indicate a continuation of an action from present to the future.

要求 說一說你在學習漢語的過程中遇到了哪些困難，你有什麼有效的學習方法。

聽力方面

遇到的困難	有效的學習方法
•	•
•	•
•	•

口語方面

遇到的困難	有效的學習方法
•	•
•	•
•	•

閱讀方面

遇到的困難	有效的學習方法
•	•
•	•
•	•

寫作方面

遇到的困難	有效的學習方法
•	•
•	•
•	•

你可以用

a) 如果別人說漢語說得比較快，我就聽不懂了。

b) 我的發音不準，聲調也常常說錯。

c) 我沒有機會說漢語。

d) 因為我的詞彙量很小，所以用普通話聊天兒時經常不知道該怎麼說。

e) 我的閱讀能力很差。如果文章裏的生字、生詞比較多，我就看不懂了。

f) 有時候一個句子裏每個字我都認識，但還是不明白句子的意思。我覺得很頭疼。

g) 我寫作文時常常寫錯字。

h) 我每天都背十個生詞，週末複習這些生詞。一個學期下來，我的詞彙量增加了不少。閱讀和寫作水平也提高了。

小任務 寫出六個有效的漢語學習方法，然後試用一下。

8 用所給結構及詞語完成句子

結構：相信只要堅持下去，我的漢語就一定會有更大的進步。

1) 這個足球隊我會＿＿＿＿＿＿＿＿＿＿＿＿＿＿＿＿。（支持）

2) 雖然寫毛筆字很累，但是我一定會＿＿＿＿＿＿＿＿。（練）

3) 慈善工作我一定會＿＿＿＿＿＿＿＿＿＿＿＿。（做）

4) 漢語很有用，我一定會繼續＿＿＿＿＿＿＿＿＿。（學）

5) 她很喜歡這個地方，打算＿＿＿＿＿＿＿＿＿＿。（住）

6) 這本小說很沒意思，我不想＿＿＿＿＿＿＿＿＿。（讀）

7) 這部電影一點兒都不好看，我＿＿＿＿＿＿＿＿。（看）

9 聽課文錄音，回答問題

1) 豆豆小時候為什麼不喜歡學漢語？

2) 她小時候的漢語成績怎麼樣？

3) 她今年暑假做了什麼？

4) 她為什麼覺得強化學習漢語很有效？

5) 一個月下來，她的聽力和口語能力有了什麼提高？

6) 她的閱讀和寫作能力有了什麼提高？

7) 她在漢語暑期班期間每天做什麼？

8) 她每個週末做什麼？

豆豆的博客

參加"漢語暑期班"的收穫 shōu huò （2015-08-10 21:14:20）

小時候每個週末父母都逼着我上漢語班。因為那時我還沒有認識到學漢語的重要性，所以常常一邊抄生字一邊哭。我的漢語成績也不太好。

今年暑假，我參加了上海的漢語暑期班。我一直以為參加這樣的漢語班只是浪費時間，不會有什麼效果，但是通過一個月的學習，我體會到原來強化學習漢語很有效。我發現我的聽、説、讀、寫四項技能都得到了相當大的提高。

在聽力和口語方面，我能聽懂別人説話的大意了，説漢語也更自信了。在閱讀和寫作方面，我的詞彙量增加了，作文裏的錯別字也比以前少了。

在暑期班學習的過程中，我還養成了一些好的學習習慣。我每天都背單詞、造句、讀課文，每個週末都讀漢語文章、寫作文。相信只要堅持下去，我的漢語就一定會有更大的進步。

10 完成句子

① 我一直以為參加這樣的……

② 我體會到原來……

③ 我發現……

④ 相信只要……

11 用所給結構及詞語看圖完成句子

結構：在暑期班學習的過程中，我還養成了一些好的學習習慣。

①

除了……
以外，……
學習 參加

在申請大學的過程中，我體會
到……

②

不但……，
而且……
提高 瞭解

在遊學的過程中，我……

③

不但……，
而且……
瞭解 學會

在見習的過程中，我……

④

不但……，
而且……
幫助 培養

在做義工的過程中，我……

情景1　這次漢語考試你得了 50 分，不及格。老師找你瞭解一下情況。

例子：

老師：這次漢語考試你沒及格，能不能説一下原因？

你：……

老師：你課上聽得懂嗎？

你：……

老師：你覺得漢語哪方面最難學？

你：……

老師：你做家庭作業時常遇到困難嗎？

你：……

老師：如果遇到困難，你怎麼辦？

你：……

老師：你課下自己學漢語嗎？

你：……

老師：你課下怎麼學漢語？

你：……

老師：你喜歡學漢語嗎？

你：……

情景2　你看到豆豆寫的 "漢語暑期班" 的博客，對漢語暑期班很感興趣。

例子：

你：我也想去上海參加漢語暑期班。你覺得怎麼樣？

豆豆：……

你：你覺得我應該參加初級班還是中級班？

豆豆：……

你：暑期班什麼時候開始上課？

豆豆：……

你：一天上幾個小時漢語課？

豆豆：……

你：除了漢語課以外，還有別的課嗎？

豆豆：……

你：週末有機會遊覽上海的名勝古跡嗎？

豆豆：……

你：學費貴嗎？多少錢？

豆豆：……

13 口頭報告

説一説你對學習漢語的看法，並跟同學分享一些有效的學習方法。

例子：

　　我是華裔子弟（zǐ dì）。父母從小就告訴我學習漢語的重要性。雖然漢語是世界上最難學的語言之一，但是我覺得漢語很有意思，一直都很喜歡學漢語。

　　為了提高漢語水平，除了在學校用心（yòng xīn）學習以外，我還常看中文電影。看電影時，我一邊認真聽一邊看中文字幕（zì mù），培養語感。如果看到生字、生詞，我會把它們抄在生字本上，多讀幾遍，努力把它們記住。我還訂了一本中文雜誌。如果遇到不認識的字、詞，我會查電子（diàn zǐ）詞典。……我深深地體會到學漢語要同時（tóng shí）用眼、耳、手和口。

　　明年我打算去中國參加一個漢語短訓班，希望能提高我的口語和寫作水平。

你可以用

a) 我父母經常提醒我要認真學漢語。

b) 學習一種外語，可以讓我們進入（jìn rù）另一個世界。

c) 學漢語時，正確的發音很重要。

d) 學漢語要多聽、多説、多讀、多寫。每天都要練習。

e) 我在網上交了一個中國朋友。我經常在網上跟他用漢語聊天兒。

f) 我每天都聽課文錄（lù）音，還跟着讀。為了培養語感（yǔ gǎn），我還常看中文電影、聽中文歌。

生詞 1 25

① 南方 _nán fāng_ south　南方人 _nán fāng rén_ southerner　**②** 北方 _běi fāng_ north　北方人 _běi fāng rén_ northerner

③ 飲食 _yǐn shí_ food and drink; diet
中國的南方人和北方人在飲食習慣 上 很 不同。
zhōng guó de nán fāng rén hé běi fāng rén zài yǐn shí xí guàn shang hěn bù tóng

> Grammar: a) Pattern: 在 ... 上
> b) This pattern indicates "in the aspect of...".

④ 種類 _zhǒng lèi_ variety　早餐的種類特別多。 _zǎo cān de zhǒng lèi tè bié duō_

⑤ 餛（馄）飩（饨）_hún tun_ wonton　**⑥** 油條 _yóu tiáo_ deep-fried twisted dough sticks　**⑦** 饅（馒）頭 _mán tou_ steamed bun

⑧ 煎 _jiān_ fry in shallow oil　煎蛋 _jiān dàn_ fried egg　煎餅 _jiān bing_ thin pancake

⑨ 果子 _guǒ zi_ deep-fried doughnut　煎餅果子 _jiān bing guǒ zi_ fried pancake rolled up with egg filling

⑩ 麵食 _miàn shí_ cooked wheaten food　**⑪** 漿（浆）_jiāng_ thick liquid　豆漿 _dòu jiāng_ soybean milk

⑫ 醬（酱）_jiàng_ things pickled; sauce　醬菜 _jiàng cài_ pickles　甜麵醬 _tián miàn jiàng_ sweet sauce made of fermented flour　果醬 _guǒ jiàng_ jam

⑬ 花生 _huā shēng_ peanut　花生醬 _huā shēng jiàng_ peanut butter

⑭ 椒 _jiāo_ any of hot spice plants　辣椒 _là jiāo_ chilli; hot pepper　辣椒醬 _là jiāo jiàng_ chilli sauce　**⑮** 黃油 _huáng yóu_ butter

⑯ 薄 _báo_ thin　**⑰** 抹 _mǒ_ put on　**⑱** 蔥 _cōng_ green onion　蔥花 _cōng huā_ chopped green onion　**⑲** 捲 _juǎn_ roll (up)

煎餅果子是在一張又圓又薄的麵餅上 放上雞蛋，抹上甜麵醬和辣椒醬，
jiān bing guǒ zi shì zài yì zhāng yòu yuán yòu báo de miàn bǐng shang fàng shàng jī dàn mǒ shàng tián miàn jiàng hé là jiāo jiàng
再放上蔥花和油條，之後捲起來吃。
zài fàng shàng cōng huā hé yóu tiáo zhī hòu juǎn qi lai chī

⑳ 脆 _cuì_ crisp　煎餅果子吃起來甜甜的、辣辣的，裏面的油條還脆脆的。
jiān bing guǒ zi chī qi lai tián tián de là là de lǐ miàn de yóu tiáo hái cuì cuì de

㉑ 以 _yǐ_ take　**㉒** 為 _wéi_ (serve) as　我們家早飯以西餐為主。 _wǒ men jiā zǎo fàn yǐ xī cān wéi zhǔ_

> Grammar: Pattern: ... 以 ... 為主

1 用所給結構及詞語看圖完成句子

結構：煎餅果子吃起來甜甜的、辣辣的。

①  這個漢語暑期班……　聽

②  麻婆豆腐……　吃

③  北京烤鴨……　做　吃

④  這雙鞋……　看　穿

2 用所給結構及詞語寫句子

結構：在麵餅上放上雞蛋，抹上甜麵醬和辣椒醬，再放上葱花和油條，之後捲起來吃。

① 烤鴨　甜麵醬　葱和黃瓜　捲
→

② 燈籠　春聯　零食　年夜飯
→

③ 禮物　蛋糕　蠟燭　生日歌
→

④ 收拾　擦　洗碗　掃地
→

3 用所給結構及詞語看圖完成句子

結構：我們家早飯以西餐為主。

① 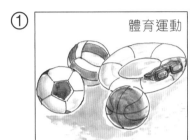 體育運動　我們學校的
課外活動⋯⋯

②  筆試　這次漢語測
驗⋯⋯

③ 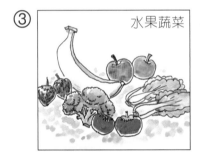 水果蔬菜　我一日三餐
⋯⋯

④  外國人　我們學校的
老師⋯⋯

4 用所給結構及詞語寫句子

結構：中國的南方人和北方人在飲食習慣上很不同。

①
穿着　時尚　酷
→

②
時間管理　作業　小狗
→

③
生活　獨立　自己
→

④
學習　進步　成績
→

中國人早飯一般吃什麼？

中國的南方人和北方人在
飲食習慣上很不同，所以
早餐的種類特別多。

那你們家早飯吃什麼？

南方和北方的早餐我們家都吃，例如生煎包、小籠
包、餛飩、油條、饅頭、包子、煎餅果子等。除了
麵食以外，我們還喝豆漿或者喝粥，吃醬菜。

煎餅果子是什麼？

煎餅果子是一種北方的早餐。煎餅果子是在一張又圓
又薄的麵餅上放上雞蛋，抹上甜麵醬和辣椒醬，再放
上蔥花和油條，之後捲起來吃。它吃起來甜甜的、辣
辣的，裏面的油條還脆脆的。你一定要嘗嘗！你們家
早飯吃什麼？

我們家早飯以西餐為主。我們一般吃烤麵包，上面抹
黃油、果醬，或者花生醬。我們還吃煎蛋，喝牛奶。

情景 你和朋友聊早飯吃些什麼。可以參用以下問題。

1) 你們家早飯一般吃什麼？

2) 你今天早飯吃了什麼？你的早飯是買的還是你們家自己做的？

3) 你們家附近有早餐店嗎？

4) 你經常去哪裏買麵包？你會做麵包嗎？

例子：

你：你們家早飯一般吃什麼？

朋友：我父母都是中國人，所以我們家早飯以中餐為主，例如包子、油條、粥、豆漿等。我們有時候也吃西式早餐，例如麵包、牛奶、酸奶、水果等。

你：你今天早飯吃了什麼？

朋友：我吃了兩個包子和一個橙子，喝了一杯豆漿。

你：你吃的包子是買的還是你們家自己做的？

朋友：是在我們家附近的早餐店買的。一塊錢一個，又便宜又好吃。

……

─ 你可以用 ─

a) 我爸爸是中國人，媽媽是美國人。我們家有時候吃中式早餐，有時候吃西式早餐。

b) 我每天早上都自己準備早餐。我會烤一片麵包，在上面抹黃油和果醬。我還會吃一些水果，喝一杯牛奶。

c) 我家有一個烤箱。媽媽經常給我烤麵包。

d) 我早飯喜歡吃生煎包，喝粥。

e) 我早上沒有時間吃早飯。我一般帶一個三明治和一個蘋果去學校，課間休息時吃。

生詞 2 🎧 27

❶ huā yàng 花樣 variety **❷** fán duō 繁多 numerous huā yàng fán duō 花樣繁多 of all shapes and colours

❸ xiān měi 鮮美 delicious zhōng guó yǐn shí huā yàng fán duō wèi dào xiān měi 中國飲食花樣繁多，味道鮮美。 **❹** gài kuò 概括 summarize

❺ shuō fǎ 説法 view zài kǒu wèi fāng miàn gài kuò qi lai zhōng guó yǐn shí yǒu nán tián běi xián dōng xiān xī suān de shuō fǎ 在口味方面，概括起來，中國飲食有"南甜北鹹，東鮮西酸"的説法。

❻ zhòng 重 heavy **❼** jiàng yóu 醬油 soy sauce **❽** yán 鹽（盐）salt

❾ yí dài 一帶 surrounding; area **❿** hǎi xiān 海鮮 seafood **⓫** qīng 清 clear; plain **⓬** dàn 淡 light; mild qīng dàn 清淡 light

⓭ shān xī 山西 Shanxi Province shān xī rén ài chī suān de zuò cài shǎo bu liǎo fàng cù 山西人愛吃酸的，做菜少不了放醋。

▲
> **Grammar:** a) "不了" serves as the complement of potential.
> b) Pattern: Verb/Adjective+ 得 / 不 + 了

⓮ zhì 製（制）make zhì pǐn 製品 products dòu zhì pǐn 豆製品 bean products

⓯ zhǔ shí 主食 staple food **⓰** dà bǐng 大餅 baked pancake **⓱** shēn 深 deep; deeply

⓲ xǐ ài 喜愛 love jiǎo zi bāo zi dà bǐng miàn tiáo děng miàn shí dōu shēn shòu běi fāng rén xǐ ài 餃子、包子、大餅、麵條等麵食都深受北方人喜愛。

▲
> **Grammar:** Pattern: ... 受 ... 喜愛

⓳ lí 離 without hěn duō nán fāng rén yí rì sān cān dōu lí bu kāi mǐ shí 很多南方人一日三餐都離不開米食。

⓴ shú 熟 cooked zhōng guó rén xí guàn shí wù zuò shú le zài chī 中國人習慣食物做熟了再吃。

▲
> **Grammar:** This is a passive sentence. Some passive sentences do not need "被".

㉑ qiáng diào 強調 stress **㉒** jù 俱 all; completely jù quán 俱全 complete in all varieties

㉓ jiū 究 go into; probe jiǎng jiu 講究 be particular about zhōng guó cài qiáng diào sè xiāng wèi xíng jù quán 中國菜強調色、香、味、形俱全。

㉔ qiē 切 cut **㉕** shāo 燒 cook **㉖** dīng 丁 small cube (of meat or vegetables) **㉗** kuài 塊 lump

㉘ zhuàng 狀（状）shape xíng zhuàng 形狀 shape **㉙** zhǔ 煮 boil

要求　説出盤子裏有什麼。

絲

丁

塊

條

1) 白蘿蔔絲　　6)

2)　　　　　　7)

3)　　　　　　8)

4)　　　　　　9)

5)

7 回答問題

口味　酸　甜　苦　辣　鹹　

1) 什麼水果很酸？　　　沒有熟的葡萄很酸。

2) 什麼水果很甜？

3) 什麼蔬菜很苦？

4) 什麼菜很辣？

5) 什麼菜很鹹？

8 用所給結構及詞語看圖説話

結構：中國人習慣食物做熟了再吃。

①
作業　完
電視

②
手　乾淨
晚飯

③
外套　好
出去

④
感冒藥　完
睡覺

9 聽課文錄音，回答問題

1) 中國飲食在口味方面有什麼
特色？

2) 東南沿海一帶的人愛吃什麼？

3) 山西人做菜時喜歡放什麼？

4) 中國傳統的飲食習慣是什麼？

5) 哪些主食很受北方人喜愛？

6) 南方人喜歡吃什麼主食？

7) 中國人吃東西有什麼習慣？

8) 中國菜有哪些常用的燒法？

中國飲食花樣繁多(huā yàng fán duō)，味道鮮美(xiān měi)。在口味方面，概括(gài kuò)起來，有"南甜北鹹，東鮮西酸"的說法(shuō fǎ)。簡單地說，南方人喜歡吃甜的。北方人愛吃鹹的，口味比較重(zhòng)，做菜時喜歡放醬油(jiàng yóu)，鹽(yán)也放得比較多。東南沿海一帶(yí dài)的人喜歡吃海鮮(hǎi xiān)，口味比較清(qīng)淡(dàn)。山西(shān xī)人愛吃酸的，做菜時少不了放醋。

蒸魚

擔擔麵(dàn dàn miàn)

中國傳統的飲食習慣是多菜少肉，豆製品(dòu zhì pǐn)吃得比較多。在主食(zhǔ shí)方面，有"南米北麵"的說法。北方人愛吃麵食。餃子、包子、大餅(dà bǐng)、麵條等麵食都深(shēn)受北方人喜愛(xǐ ài)。南方人喜歡吃米飯。很多南方人一日三餐都離不開米食。

中國人習慣食物做熟(shú)了再吃。中國菜強調(qiáng diào)色、香、味、形俱全(jù quán)。做中國菜時切(qiē)菜和燒(shāo)法都很講究(jiǎng jiu)。菜一般切成丁(dīng)、絲、塊(kuài)、條等形狀(xíng zhuàng)。常用的燒法有煎、炒、蒸、炸、煮(zhǔ)等。

紅燒肉

小籠包

10 小組活動

要求 在規定的時間裏完成下表。

中餐	西餐	快餐	零食	飲料	蔬菜	水果
•	•	•	•	•	•	•
•	•	•	•	•	•	•
•	•	•	•	•	•	•
•	•	•	•			

11 用所給結構及詞語寫句子

① 中國飲食在口味方面，概括起來，有"南甜北鹹，東鮮西酸"的說法。 → 學好漢語

② 簡單地說，南方人喜歡吃甜的，北方人愛吃鹹的。 → 中國菜

③ 山西人做菜時少不了放醋。 → 春節

④ 很多南方人一日三餐都離不開米食。 → 電腦

要求 説説什麼菜是這樣做的。

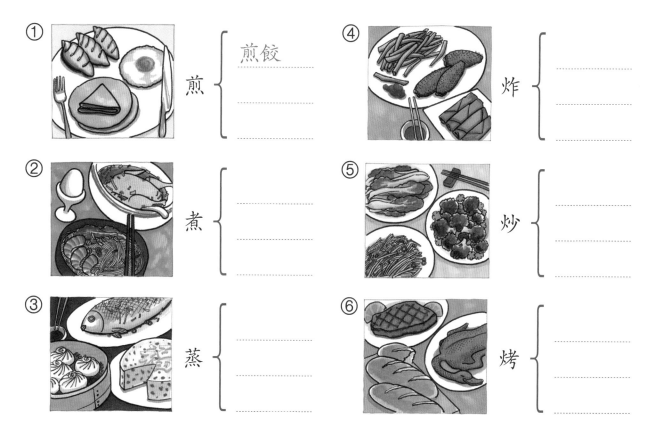

① 煎 ⎱ 煎餃
      ⎰

② 煮

③ 蒸

④ 炸

⑤ 炒

⑥ 烤

13 小組活動

要求 介紹中國的飲食習慣。

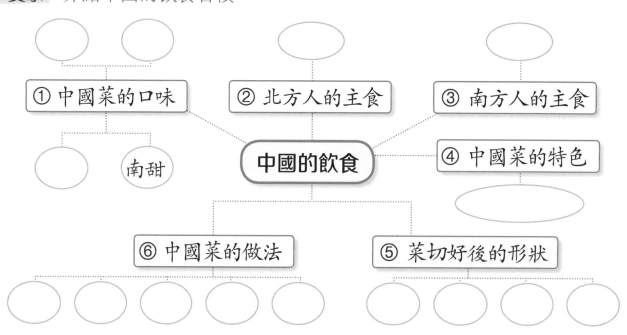

① 中國菜的口味

② 北方人的主食

③ 南方人的主食

④ 中國菜的特色

南甜

中國的飲食

⑥ 中國菜的做法

⑤ 菜切好後的形狀

14 根據實際情況回答問題

1) 你早飯一般吃什麼？

2) 在學校，你午飯一般吃什麼？

3) 你喜歡吃麵食還是米食？你喜歡吃什麼麵食？

4) 你愛吃甜的還是鹹的？你喜歡吃辣的嗎？

5) 你經常吃豆製品嗎？你常吃什麼豆製品？

6) 你會做菜嗎？你會做什麼菜？

7) 你一日三餐肉吃得多還是蔬菜吃得多？

8) 你喜歡吃什麼蔬菜？你喜歡吃什麼水果？

9) 你喜歡吃什麼零食？你喜歡喝什麼飲料？

10) 你們家週末經常去飯店吃飯嗎？你們常去哪家飯店？請介紹一下這家飯店。

你可以用

a) 中餐、西餐，我都喜歡吃。

b) 我們全家都愛吃米食。

c) 我父母都是北方人。我們比較喜歡吃麵食，例如饅頭、餅、麵條等。

d) 我們一家人都喜歡吃中餐。我們最愛吃餃子和烤鴨。

e) 我特別喜歡吃辣的。如果有機會，我想去四川嘗嘗地道的四川菜。

f) 我不愛吃豆腐，因為豆腐沒有味道。

g) "一天一蘋果，醫生遠離我。"我每天都吃一個蘋果。

第八課　飲食與健康

生詞 1 29

❶ 營養 yíng yǎng nutrition　營養師 yíng yǎng shī nutritionist; dietician　**❷** 請教 qǐng jiào seek advice　**❸** 青少年 qīng shào nián teenagers

❹ 注 zhù concentrate　注意 zhù yì pay attention to　今天我們想向您請教青少年在飲食方面要注意什麼？ jīn tiān wǒ men xiǎng xiàng nín qǐng jiào qīng shào nián zài yǐn shí fāng miàn yào zhù yì shén me

❺ 身體 shēn tǐ body; health　**❻** 足 zú adequate; enough　**❼** 夠 gòu enough　足夠 zú gòu enough

❽ 能量 néng liàng energy　青少年正在長身體，需要足夠的能量和營養。 qīng shào nián zhèng zài zhǎng shēn tǐ xū yào zú gòu de néng liàng hé yíng yǎng

❾ 均 jūn equal　**❿** 衡 héng balanced　均衡 jūn héng balance　合理的飲食就是要吃營養豐富、均衡的食物。 hé lǐ de yǐn shí jiù shì yào chī yíng yǎng fēng fù jūn héng de shí wù

⓫ 穀（谷）gǔ cereal; grain　**⓬** 證（证）zhèng prove　保證 bǎo zhèng ensure; guarantee

⓭ 充 chōng sufficient　充足 chōng zú sufficient　青少年應該多吃穀類食物，保證身體獲得充足的能量。 qīng shào nián yīng gāi duō chī gǔ lèi shí wù bǎo zhèng shēn tǐ huò dé chōng zú de néng liàng

⓮ 蛋白質 dàn bái zhì protein　**⓯** 除此之外 chú cǐ zhī wài besides this　**⓰** 奶製品 nǎi zhì pǐn diary products

⓱ 鈣（钙）gài calcium　他們最好每天都吃奶製品、豆製品等高鈣食品。 tā men zuì hǎo měi tiān dōu chī nǎi zhì pǐn dòu zhì pǐn děng gāo gài shí pǐn

⓲ 維（维）他命 wéi tā mìng vitamin　他們還要保證食品裏有足量的維他命。 tā men hái yào bǎo zhèng shí pǐn li yǒu zú liàng de wéi tā mìng

⓳ 利 lì benefit　不利 bú lì unfavourable　不吃早餐對身體健康非常不利。 bù chī zǎo cān duì shēn tǐ jiàn kāng fēi cháng bú lì

▲ **Grammar: Pattern: ... 對 ... 不利**

⓴ 人們 rén men people　人們常說"早吃好，午吃飽，晚吃少"。 rén men cháng shuō zǎo chī hǎo wǔ chī bǎo wǎn chī shǎo

㉑ 集 jí gather　集中 jí zhōng concentrate　**㉒** 精力 jīng lì energy; vigour

㉓ 只有 zhǐ yǒu only　只有……才…… zhǐ yǒu ... cái ... only

只有吃好早餐，同學們上課時才能集中精力學習。 zhǐ yǒu chī hǎo zǎo cān tóng xué men shàng kè shí cái néng jí zhōng jīng lì xué xí

1 用所給結構及詞語寫句子

結構：不吃早餐對身體健康非常不利。

① 爸爸　對……發火

② 漢語老師　對……嚴格

③ 北京　對……印象

④ 漢字　對……來說

2 小組活動

要求　為了保證身體獲得充足能量，同學們要吃營養豐富、均衡的食物。在規定的時間裏完成下表。

穀類食物	高鈣的食物	蛋白質豐富的食物	維他命豐富的食物
• 粥	• 豆漿	• 魚	• 蘋果
•	•	•	•
•	•	•	•
•	•	•	•
•	•	•	•
•	•	•	•

3 用所給結構及詞語看圖完成句子

結構：只有吃好早餐，同學們上課時才能集中精力學習。

①  漢字

只有多練，我才能……

②  聽力

只有多聽，我……

③  球技

只有認真訓練，……

④  身體

只有吃營養豐富、均衡的食物，……

4 採訪同學

要求　問十個同學早飯一般吃什麼，他／她吃的早餐是不是營養豐富。

例子：

你：你早飯一般吃什麼？

同學：我早飯一般吃一碗粥、一個煮雞蛋和一些水果，比如蘋果、橙子。我覺得我的早餐營養豐富、均衡，能保證身體有充足的能量。

中式早餐

餛飩　包子　生煎包　小籠包
油條　大餅　煎餅果子　粥

西式早餐

麵包　黃油　果醬　花生醬
煎蛋　香腸　火腿　奶酪

水果

蘋果　香蕉　橙子　草莓

飲品

牛奶　豆漿　果汁　咖啡

課文 1 🎧30

張營養師，今天我們想向您請教青少年
在飲食方面要注意什麼？

青少年正在長身體，需要足夠的能
量和營養。他們需要合理的飲食。

怎樣才是合理的飲食呢？

合理的飲食就是要吃營養豐富、均衡的食物。
青少年應該多吃穀類食物，保證身體獲得充足
的能量。他們還要多吃蛋白質豐富的食物，比
如魚、蝦、肉、蛋等。

除此之外，他們還應注意什麼？

他們最好每天都吃奶製品、豆
製品等高鈣食品，同時還要保
證食品裏有足量的維他命。

有些同學不吃早飯。這樣會影響健康吧？

對。不吃早餐對身體健康非常不利。人們常說
"早吃好，午吃飽，晚吃少"。青少年不僅要
吃早飯，而且要吃營養豐富的早餐。只有吃好
早餐，同學們上課時才能集中精力學習。

要求 青少年正在長身體，要吃營養豐富、均衡的食物。青少年最好每天都吃：

- 穀類食物
- 蛋白質豐富的食物
- 奶製品、豆製品等高鈣食品
- 有足量維他命的食品

説一説你的一日三餐是不是符合^{fú hé}這些要求。

例子：

同學 1： 人們常説 "早吃好，午吃飽，晚吃少"。早飯特別重要。不吃早餐對健康非常不利。

同學 2： 你説得對。我們不僅要吃早飯，而且要吃營養豐富，能提供充足能量的早餐。

同學 3： 你們看看我的早飯怎麼樣。我喜歡吃中西結^{jié}合^{hé}的早餐。我早上一般吃兩片烤麵包，上面抹黃油、果醬，再吃一個雞蛋，喝一杯豆漿或者一碗粥。我還會吃一些水果，比如香蕉、蘋果、橙子。

同學 1： 我認為你的早飯營養很豐富。只有吃好早飯，我們上課時才能集中精力學習。你午飯一般吃什麼？

……

生詞 2 🎧 31

1 提 _{tí} mention

2 金 _{jīn} gold 金字塔 _{jīn zì tǎ} pyramid 提到飲食與健康，很多人會想到食物金字塔。

3 按 _{àn} according to 按照 _{àn zhào} according to

4 主要 _{zhǔ yào} main

人們每天吃的食物主要分四大類。第一類是主食，也就是穀類食物。

▲
Grammar: Here "也就是" means "is also known as".

5 玉 _{yù} jade 玉米 _{yù mǐ} corn **6** 含 _{hán} contain **7** 碳 _{tàn} carbon

8 化合物 _{huà hé wù} chemical compound 碳水化合物 _{tàn shuǐ huà hé wù} carbohydrate 主食主要含碳水化合物。

9 人體 _{rén tǐ} human body 主食給人體提供能量。

10 素 _{sù} basic element 維生素 _{wéi shēng sù} vitamin

11 纖（纤） _{xiān} fine; tiny 纖維 _{xiān wéi} fibre

12 礦（矿） _{kuàng} mine 礦物 _{kuàng wù} mineral 礦物質 _{kuàng wù zhì} mineral substance

13 脂 _{zhī} fat 脂肪 _{zhī fáng} fat

14 適量 _{shì liàng} just the right amount 主要含蛋白質和脂肪的食物應該適量吃，不能吃太多。

15 屬（属） _{shǔ} belong to 屬於 _{shǔ yú} belong to 很多快餐和零食都屬於高油、高糖、高鹽類食品。

16 大量 _{dà liàng} large number; great quantity **17** 使 _{shǐ} make

18 發胖 _{fā pàng} gain weight 這些食物含大量脂肪、糖和鹽，吃太多會使人發胖。

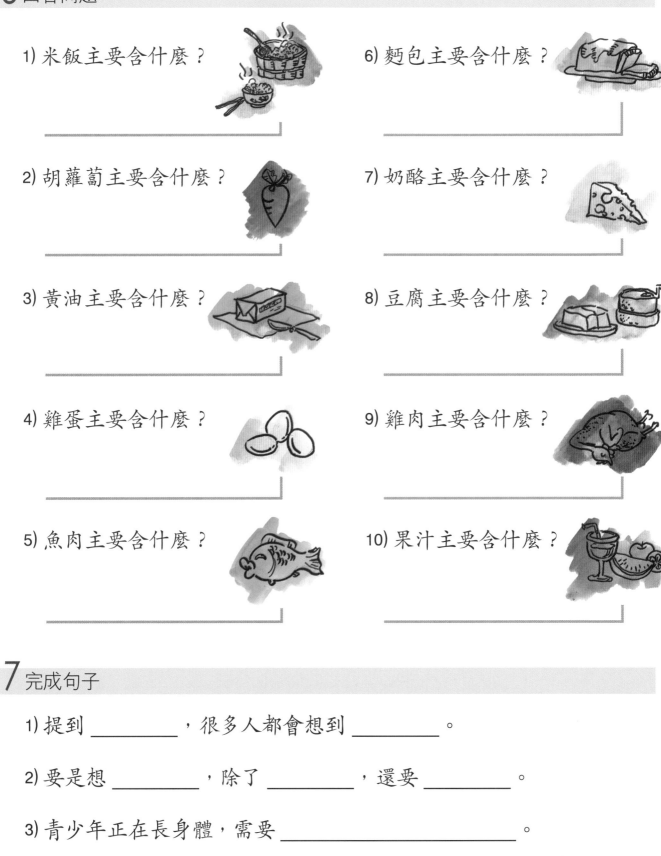

6 回答問題

1) 米飯主要含什麼？
_____

6) 麵包主要含什麼？
_____

2) 胡蘿蔔主要含什麼？
_____

7) 奶酪主要含什麼？
_____

3) 黃油主要含什麼？
_____

8) 豆腐主要含什麼？
_____

4) 雞蛋主要含什麼？
_____

9) 雞肉主要含什麼？
_____

5) 魚肉主要含什麼？
_____

10) 果汁主要含什麼？
_____

7 完成句子

1) 提到 _____，很多人都會想到 _____。

2) 要是想 _____，除了 _____，還要 _____。

3) 青少年正在長身體，需要 _____。

4) 青少年應該多吃穀類食物，保證 _____。

8 看圖説話

例子：

第一類食物是主食，也就是穀類食品，包括米飯、麵食、玉米、土豆等。這些食物主要含碳水化合物。這類食物可以多吃。
第二類……

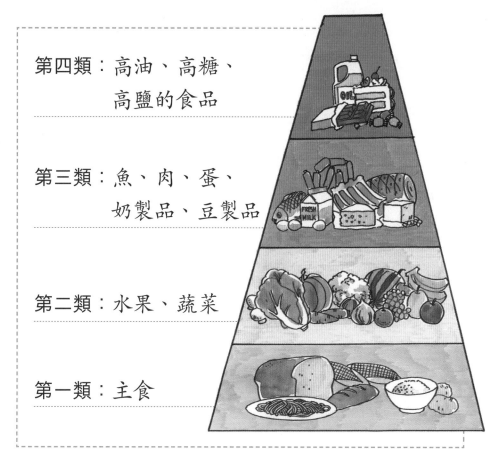

第四類：高油、高糖、高鹽的食品

第三類：魚、肉、蛋、奶製品、豆製品

第二類：水果、蔬菜

第一類：主食

9 聽課文錄音，回答問題

1) 人們吃的食物主要分幾大類？

2) 主食給人體提供什麼？

3) 瓜果、蔬菜主要含什麼營養？

4) 第三類食物是什麼？

5) 快餐和零食屬於第幾類食物？

6) 第四類食物為什麼不能多吃？

7) 哪類食物可以多吃一些？

8) 要是想有健康的身體應該做什麼？

提到飲食與健康，很多人會想到食物金字塔。

按照食物金字塔，人們每天吃的食物主要分四大類。第一類是主食，也就是穀類食物，包括米飯、麵食、玉米、土豆等。這些食物主要含碳水化合物，給人體

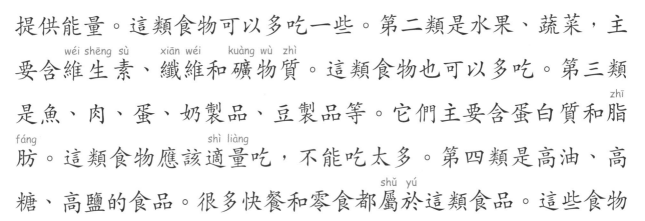

提供能量。這類食物可以多吃一些。第二類是水果、蔬菜，主要含維生素、纖維和礦物質。這類食物也可以多吃。第三類是魚、肉、蛋、奶製品、豆製品等。它們主要含蛋白質和脂肪。這類食物應該適量吃，不能吃太多。第四類是高油、高糖、高鹽的食品。很多快餐和零食都屬於這類食品。這些食物含大量脂肪、糖和鹽，吃太多對健康不利，還會使人發胖，所以一定要少吃。

要是想有健康的身體，除了合理飲食之外，還要多運動。

10 用所給結構及詞語看圖完成句子

結構：吃太多含大量脂肪、糖和鹽的食物會使人發胖。

①  不吃早飯使
學生不能
……

②  參加漢語短
訓班使她的
口語……

③  一個月的見
習使他……

④  難忘的中國
遊學使她
……

11 用所給結構完成句子

結構：第一類是主食，也就是穀類食物。

1) 中國飲食有"南米北麵"的説法，也就是_____。

2) 人們常説"早吃好，午吃飽，晚吃少"，_____。

3) 香港既是"美食天堂"又是"購物天堂"，_____。

4) 青少年需要合理的飲食，_____。

5) 學語言要眼、耳、口、手一起用，_____。

6) 要多吃高鈣食品，_____。

情景　你打電話約朋友星期六一起去吃港式茶點。

例子：

你：小玉，你在幹什麼？

朋友：我在寫博客。你找我有事嗎？

你：我想約^{yuē}你這個星期六一起去吃下午茶。我家附近新開了一家飯店。我們一家人上個週末去那裏吃了下午茶。那裏做的港式點心^{diǎn xin}好吃極了！

朋友：好啊！我特別喜歡吃港式點心。我們幾點去？

你：我們早點兒去吧！這兩個星期所有的點心都打九折，還不收服務費，所以去那裏的人多得不得了。

……

（在飯店）

你：你想喝什麼茶？

朋友：什麼茶都行。

……

港式茶點

fèngzhǎo
鳳爪

yún tūn miàn
雲吞麵

叉燒包

蘿蔔糕

小籠包

春卷

蝦餃

蒸排骨

shāo mài
燒賣

má qiú
麻球

cháng fěn
牛肉腸粉

pí dàn shòu ròu zhōu
皮蛋瘦肉粥

茶：花茶^{huā chá}、烏龍茶^{wū lóng chá}、鐵觀音^{tiě guān yīn}

九龍酒店：上午九點至下午三點

13 小組討論

要求　討論學校餐廳提供的飯菜是否健康，餐廳怎樣可以做得更好。

例子：

同學1：餐廳的飯菜大部分都很健康，例如沙拉、水果、盒飯等。

同學2：你說得對。盒飯營養比較均衡，也適合大多數同學的口味。

同學3：我覺得為了讓同學們多吃盒飯，餐廳應該每天提供不同的盒飯，比如星期一賣牛肉飯，星期二賣雞肉飯，星期三賣豬排飯等。

同學1：我認為餐廳最好提供更多種類的盒飯。

同學2：除此之外，為了吸引更多同學吃盒飯，盒飯還應該便宜一些。

同學3：我同意(tóng yì)。我覺得餐廳還應該少賣快餐，比如炸雞塊、炸雞翅、薯條等。

……

你可以用

a) 盒飯的口味很重要。餐廳應提供不同口味的盒飯。

b) 炸魚和薯條雖然又香又脆，但是裏邊含大量脂肪。經常吃這些食物對健康不利。我認為餐廳應該少賣快餐。

c) 餐廳不應該賣巧克力、糖果、冰淇淋等零食，也不應該賣汽水、可樂。

d) 水果含維生素、纖維和礦物質，對身體很好。餐廳應該多賣水果，比如蘋果、橘子、香蕉等。水果還應該便宜一些。這樣可以吸引更多學生買水果。

生詞 1

① zòu 奏 play; perform　jié zòu 節奏 rhythm　xiàn dài rén shēng huó jié zòu kuài，kuài cān yuè lái yuè liú xíng 現代人生活節奏快，快餐越來越流行。

② hòu guǒ 後果 consequence　③ jiǔ ér jiǔ zhī 久而久之 as time passes　jiǔ ér jiǔ zhī huì gěi shēn tǐ jiàn kāng dài lái shén me hòu guǒ ne 久而久之會給身體健康帶來什麼後果呢？

④ rè liàng 熱量 quantity of heat　⑤ jí 疾 disease 疾病 disease　jīng cháng chī kuài cān，rén men hěn kě néng dé xiàn dài jí bìng 經常吃快餐，人們很可能得現代疾病。

⑥ xuè 血 blood　xuè zhī 血脂 blood fat　⑦ yā 壓 pressure　xuè yā 血壓 blood pressure　gāo xuè yā 高血壓 high blood pressure

⑧ niào 尿 urine　táng niào bìng 糖尿病 diabetes　⑨ zàng 臟（脏）internal organs of the body　xīn zàng 心臟 heart　xīn zàng bìng 心臟病 heart disease

⑩ féi 肥 fat　féi pàng 肥胖 fat　⑪ zhèng 症 illness　féi pàng zhèng 肥胖症 obesity

⑫ yǐn 引 cause　yǐn qǐ 引起 cause　gāo yán、yóu zhá de shí pǐn róng yì yǐn qǐ gāo xuè yā、gāo xuè zhī děng jí bìng 高鹽、油炸的食品容易引起高血壓、高血脂等疾病。

⑬ xiāo 消 disappear　⑭ huà 化 melt　xiāo huà 消化 digest　⑮ bù liáng 不良 bad　xiāo huà bù liáng 消化不良 indigestion

⑯ cháng 腸 intestines　⑰ wèi 胃 stomach　cháng wèi 腸胃 digestive system

⑱ fáng 防 prevent　yù fáng 預防 take precautions against　⑲ cái 才 can only...when...　nà zěn me cái néng yù fáng xiàn dài jí bìng ne 那怎麼才能預防現代疾病呢？

⑳ liáng hǎo 良好 good; fine　㉑ lā jī 垃圾 rubbish　㉒ nǎi yóu 奶油 cream

㉓ zhí 植 plant　zhí wù 植物 plant　zhí wù yóu 植物油 vegetable oil　㉔ fēn 分 one-tenth　㉕ jìn 進 eat; drink　jìn cān 進餐 have a meal

㉖ dìng shí 定時 at fixed time　㉗ dìng liàng 定量 fixed amount or quantity

㉘ shǒu xiān 首先 first of all　㉙ qí cì 其次 secondly

shǒu xiān，yào yǎng chéng liáng hǎo de yǐn shí xí guàn。qí cì，měi cān zuì hǎo zhǐ chī bā fēn bǎo。zuì hòu，jìn cān yào dìng 首先，要養成良好的飲食習慣。其次，每餐最好只吃八分飽。最後，進餐要定 shí、dìng liàng。時、定量。

Grammar: Pattern: 首先 ... 其次 ... 最後 ...

1 小組活動

要求 在規定的時間裏完成下表。

① 哪些食物含有豐富的蛋白質？
- •   •
- •   •

④ 哪些食物含有豐富的鐵？
- •   •
- •   •

② 哪些食物含有豐富的維生素？
- •   •
- •   •

⑤ 哪些食物主要含脂肪？
- •   •
- •   •

③ 哪些食物含有豐富的鈣？
- •   •
- •   •

⑥ 哪些食物主要含碳水化合物？
- •   •
- •   •

2 用所給結構完成句子

結構：快餐越來越流行。久而久之會給身體健康帶來什麼後果呢？

1) 如果你總是坐在那裏看電視，＿＿＿＿＿＿＿＿＿＿＿＿＿＿＿＿＿＿。

2) 如果你只用電腦打字，不用手寫字，＿＿＿＿＿＿＿＿＿＿＿＿＿＿。

3) 如果你健康飲食、多做運動，＿＿＿＿＿＿＿＿＿＿＿＿＿＿＿＿。

結構：A: 怎麼才能預防現代疾病呢？

B: 首先，要養成良好的飲食習慣。平時少吃垃圾食品，少吃動物脂肪、奶油，多吃蔬菜、水果、瘦肉、魚、植物油。其次，每餐最好只吃八分飽。最後，進餐要定時、定量。

① A: 怎麼才能提高漢語口語水平呢？

B: 首先，……

④ A: 怎麼才能考進世界一流的大學呢？

B: 首先，……

② A: 怎麼才能提高學習成績呢？

B: 首先，……

⑤ A: 怎麼才能跟父母有良好的關係呢？

B: 首先，……

③ A: 怎麼才能有健康的身體呢？

B: 首先，……

⑥ A: 什麼是營養豐富、均衡的早餐呢？

B: 首先，……

課文 1

現代人生活節奏快，快餐越來越流行。久而久之會給身體健康帶來什麼後果呢？

快餐一般是高鹽、高糖、高脂肪、高熱量的食品。經常吃快餐，人們很可能得現代疾病。

現代疾病有哪些呢？

有高血壓、高血脂、糖尿病、心臟病、肥胖症等。高鹽、油炸的食品容易引起高血壓、高血脂等疾病。高糖、高脂肪的食品會使人肥胖，容易得糖尿病。高熱量的食品還容易引起消化不良等腸胃疾病。

那怎麼才能預防現代疾病呢？

首先，要養成良好的飲食習慣。平時少吃垃圾食品，少吃動物脂肪、奶油，多吃蔬菜、水果、瘦肉、魚、植物油。其次，每餐最好只吃八分飽。最後，進餐要定時、定量。

除了飲食之外，還要注意什麼？

要是想身體健康，還要經常做運動。

情景 兩個同學一邊吃午飯一邊談他們的飲食習慣。

例子：

同學 1：你今天吃什麼？

同學 2：我吃快餐。我最喜歡吃炸雞塊和薯條。

同學 1：快餐一般是高鹽、高糖、高脂肪、高熱量的食品。你應該少吃快餐。

同學 2：我記(jì)得(de)你以前也很喜歡吃快餐。你還喜歡吃薯條、巧克力等零食。你最近吃的東西跟以前不一樣了。

同學 1：對。因為我堂哥很喜歡吃快餐和零食。他最近得了糖尿病。我覺得我得改變一下自己的飲食習慣了。

同學 2：我也應該養成好的飲食習慣。我也得少吃快餐。

同學 1：我發現你很喜歡吃肉。

同學 2：是啊。……

你可以用

a) 我喜歡吃餅乾、糖果和冰淇淋。我最愛吃巧克力。

b) 快餐對健康不利。經常吃快餐，人們很可能得現代疾病。

c) 高糖、高脂肪的食品會使人肥胖，容易得糖尿病。高熱量的食品還容易引起消化不良等腸胃疾病。

d) 我們應該少吃油炸食品，多吃蔬菜、水果、瘦肉、魚等健康食品。我們還要多做運動。

生詞 2 35

❶ 宵 _xiāo_ night　元宵節 _yuán xiāo jié_ the Lantern Festival (15th day of the 1st lunar month)

❷ 重陽節 _chóng yáng jié_ the Double Ninth Festival (9th day of the 9th lunar month)

❸ 走 _zǒu_ visit　❹ 訪（访） _fǎng_ visit　走親訪友 _zǒu qīn fǎng yǒu_ call on relatives and friends

❺ 聚餐 _jù cān_ have a dinner party　節日期間，不論跟家人在一起還是走親訪友都少不了聚餐。
jié rì qī jiān，bú lùn gēn jiā rén zài yì qǐ hái shi zǒu qīn fǎng yǒu dōu shǎo bu liǎo jù cān

❻ 大吃大喝 _dà chī dà hē_ indulge in wining and dining　這樣大吃大喝會對我們的身體有不好的影響。
zhè yàng dà chī dà hē huì duì wǒ men de shēn tǐ yǒu bù hǎo de yǐng xiǎng

❼ 大家 _dà jiā_ everybody　❽ 盛 _shèng_ rich　豐盛 _fēng shèng_ lavish

❾ 幾 _jǐ_ nearly; almost　幾乎 _jǐ hū_ nearly; almost

節日裏幾乎每餐都吃雞鴨魚肉這些高脂肪、高油、高糖、高熱量的食品。
jié rì li jǐ hū měi cān dōu chī jī yā yú ròu zhè xiē gāo zhī fáng　gāo yóu　gāo táng　gāo rè liàng de shí pǐn

❿ 大魚大肉 _dà yú dà ròu_ abundant fish and meat; rich food

⓫ 鍛（锻） _duàn_ forge　⓬ 煉（炼） _liàn_ smelt; refine　鍛煉 _duàn liàn_ take exercise　⓭ 體重 _tǐ zhòng_ weight

⓮ 加上 _jiā shàng_ moreover　大魚大肉吃多了，加上沒有時間鍛煉身體，會使我們的體重增加。
dà yú dà ròu chī duō le　jiā shàng méi yǒu shí jiān duàn liàn shēn tǐ　huì shǐ wǒ men de tǐ zhòng zēng jiā

⓯ 胃口 _wèi kǒu_ appetite　⓰ 吐 _tù_ vomit　⓱ 瀉（泻） _xiè_ have loose bowels　上吐下瀉 _shàng tù xià xiè_ suffer from vomiting and diarrhoea

⓲ 過量 _guò liàng_ excessive　如果過量飲酒，對健康非常不利。
rú guǒ guò liàng yǐn jiǔ　duì jiàn kāng fēi cháng bú lì

⓳ 因此 _yīn cǐ_ therefore　⓴ 千萬 _qiān wàn_ be sure to

㉑ 暴 _bào_ sudden and fierce　暴飲暴食 _bào yǐn bào shí_ eat and drink too much (at one meal)

不論吃飯還是飲酒都要適量，千萬不要暴飲暴食。
bú lùn chī fàn hái shi yǐn jiǔ dōu yào shì liàng　qiān wàn bú yào bào yǐn bào shí

5 用所給結構及詞語看圖完成句子

結構：節日裏的食物特別豐盛，幾乎每餐都吃雞鴨魚肉。

①  弟弟的飲食習慣很不好，幾乎……

②  我們的中文老師特別嚴格，……

③  妹妹吃飯時總是沒有胃口，……

④  中國人的主食以麵食、米食為主，……

6 用所給問題編對話

1) 你們家慶祝中國的傳統節日嗎？慶祝哪些節日？

2) 你們家過節會請人來家裏吃飯嗎？如果在家裏請客，誰做飯？會做什麼菜？你會幫忙嗎？你會做什麼菜？

3) 你們家過節會去飯店吃飯嗎？會去哪家飯店？為什麼去那家飯店？你們一般點什麼菜？

4) 節日期間，你會大吃大喝嗎？你最喜歡哪種風味的食物？

7 用所給結構看圖完成句子

結構：不論吃飯還是飲酒都要適量，千萬不要暴飲暴食。

 ① 聚餐時，……

 ② 考試前，……

 ③ 你的病還沒好，……

 ④ 今天有八號颱風，……

8 聽課文錄音填空

1) 春節、_____ 、端午節、中秋節、_____ 都是中國重要的傳統節日。

2) 節日期間，不論跟家人在一起還是 _____ 都少不了聚餐。

3) _____ 會對我們的身體有不好的影響。

4) 節日裏的食物特別 _____ 。

5) _____ 吃多了，會使我們的 _____ 增加。

6) 人們在節日聚餐時常常 _____ 。

7) 雖然 _____ 飲酒對健康有好處，但是如果 _____ 飲酒，對健康非常不利。

8) 過節時，千萬不要 _____ 。

春節、元宵節、端午節、中秋節、重陽節都是中國重要的傳統節日。節日期間，不論跟家人在一起還是走親訪友都少不了聚餐。這樣大吃大喝會對我們的身體有不好的影響。

大家都知道，節日裏的食物特別豐盛，幾乎每餐都吃雞鴨魚肉這些高脂肪、高油、高糖、高熱量的食品。大魚大肉吃多了，加上沒有時間鍛煉身體，不僅會使我們的體重增加，還容易帶來消化不良、胃口不好等問題。有的人還會上吐下瀉。另外，人們在節日聚餐時常常飲酒。雖然適量飲酒對健康有好處，但是如果過量飲酒，對健康非常不利。

因此，過節時我們應該注意自己的飲食。不論吃飯還是飲酒都要適量，千萬不要暴飲暴食。

9 用所給結構及詞語完成句子

結構：大魚大肉吃多了，加上沒有時間鍛煉身體，不僅會使我們的體重增加，還容易帶來消化不良、胃口不好等問題。

① 節日聚餐時，人們總是大吃大喝，加上常常飲酒，……

健康　注意　千萬

② 叔叔有糖尿病、心臟病，……

飲食習慣　身體　越來越

③ 坐火車很舒適，……

車票　寒假　旅行

④ 我從小就喜歡繪畫，……

影響　畫家　美術

10 用所給結構及詞語寫句子

結構：不論跟家人在一起還是走親訪友都少不了聚餐。

① 牛奶　豆漿　含有蛋白質
→

② 快餐　零食　對健康不利
→

③ 坐火車　坐遊輪　欣賞風景
→

④ 法律　商科　感興趣
→

情景 1 春節期間，你每餐都大吃大喝，還沒有時間運動。春節以後，你發現自己胖了。

例子：

你：春節期間，我吃了不少好吃的。你也一定吃了很多大魚大肉吧？

朋友：……

你：你吃了什麼？你最喜歡吃哪個菜？

朋友：……

你：幾天下來，你有沒有覺得消化不良？

朋友：……

你：春節以後，你是不是胖了？

朋友：……

你：我也胖了。我們一起鍛煉身體吧！

朋友：……

你：你什麼時候有時間？我們去會所的健身房健身吧！

朋友：……

情景 2 你今天中午參加了同學的生日派對。在派對上，你吃了很多東西。晚上你上吐下瀉。媽媽帶你去看急診。

例子：

醫生：你覺得哪兒不舒服？

你：……

醫生：你今天吃早飯了嗎？吃了什麼？

你：……

醫生：在生日會上，你吃了什麼？喝了什麼？

你：……

醫生：你一共拉了幾次？吐了幾次？

你：……

醫生：你肚子還疼嗎？

你：……

醫生：你現在感覺怎麼樣？

你：……

醫生：你現在想吃東西嗎？

你：……

12 角色扮演

情景 你們學校來了一個中國交換<ruby>生<rt>jiāo huàn shēng</rt></ruby>。
你跟他聊中國的傳統節日。

例子：

你：除了春節，中國人還慶祝哪些
　　傳統節日？

交換生：元宵節、端午節、中秋節
　　　　和重陽節。

你：我知道春節是中國人最重要的
　　節日。春節期間，人們……。
　　什麼時候過元宵節？

交換生：正月十五，也就是新年的
　　　　第十五天。

你：元宵節人們做什麼？

交換生：人們吃元宵、賞花燈、<ruby>猜<rt>cāi</rt></ruby>
　　　　<ruby>燈謎<rt>dēng mí</rt></ruby>。

你：元宵節之後有什麼節日？

交換生：端午節。

你：我知道這個節日。……

交換生：你也聽說過中秋節吧？

你：對。中秋節……。那中秋節之後呢？

交換生：你聽說過重陽節嗎？重陽節在農曆九月初九。重陽節那天
　　　　晚輩會去<ruby>看望<rt>kàn wàng</rt></ruby>長輩。那天人們還會去<ruby>登山<rt>dēng shān</rt></ruby>、<ruby>遠足<rt>yuǎn zú</rt></ruby>。

……

你可以用

a) 春節前人們會做很多準備工作。

b) 年夜飯，除了雞鴨魚肉，人們還吃餃子、春卷、年糕、湯圓等節日食品。

c) 元宵也叫<ruby>湯圓<rt>tāng yuán</rt></ruby>。這種食品在北方叫元宵，在南方叫湯圓。

d) 端午節在農曆五月初五。

e) 中秋節在農曆八月十五。

f) 現在重陽節也叫老人節。人們會去看望家裏的長輩。

生詞 1 37

① 輕（轻）qīng small in number, degree, etc.　年輕 nián qīng young　年輕人 nián qīng rén young people

② 對 duì face　我看到你們年輕人一天到晚都對着電腦。wǒ kàn dào nǐ men nián qīng rén yì tiān dào wǎn dōu duì zhe diàn nǎo

③ 楚 chǔ clear　清楚 qīng chu be clear about

④ 用途 yòng tú use　您可能不太清楚，電腦的用途可多了！nín kě néng bú tài qīng chu diàn nǎo de yòng tú kě duō le

⑤ 娛（娱）yú entertainment　娛樂 yú lè entertainment

⑥ 扮 bàn play the part of　扮演 bàn yǎn play the part of

⑦ 角色 jué sè role　不管在學習、生活還是娛樂方面，電腦都扮演着重要的角色。bù guǎn zài xué xí shēng huó hái shi yú lè fāng miàn diàn nǎo dōu bàn yǎn zhe zhòng yào de jué sè

⑧ 查 chá look up

⑨ 資（资）zī information　資料 zī liào information

⑩ 省 shěng save　用電腦上網查資料，既方便又省時。yòng diàn nǎo shàng wǎng chá zī liào jì fāng biàn yòu shěng shí

⑪ 打字 dǎ zì type

⑫ 整 zhěng orderly

⑬ 齊 qí in good order　整齊 zhěng qí even; neat

⑭ 改 gǎi correct　電腦還可以幫我改錯呢！diàn nǎo hái kě yǐ bāng wǒ gǎi cuò ne

⑮ 社交 shè jiāo social contact　社交網 shè jiāo wǎng Social Network Site

⑯ 信息 xìn xī information　我上社交網跟朋友聊天兒、交流信息。wǒ shàng shè jiāo wǎng gēn péng you liáo tiānr jiāo liú xìn xī

⑰ 瀏（浏）覽 liú lǎn browse

⑱ 頁（页）yè page　網頁 wǎng yè webpage

⑲ 新聞 xīn wén news

⑳ 空兒 kòngr free time

㉑ 載（载）zài record　下載 xià zài download

㉒ 難道 nán dào Could it be said that...　難道沒有電腦就不能學習、生活了嗎？nán dào méi yǒu diàn nǎo jiù bù néng xué xí shēng huó le ma

▲ Grammar: "難道" can be used to form a rhetorical question.

㉓ 替 tì replace　代替 dài tì replace　電腦只能幫助我們學習，不能代替我們學習。diàn nǎo zhǐ néng bāng zhù wǒ men xué xí bù néng dài tì wǒ men xué xí

㉔ 確實 què shí indeed　電腦確實在生活中越來越重要了。diàn nǎo què shí zài shēng huó zhōng yuè lái yuè zhòng yào le

㉕ 盯 dīng stare at

㉖ 視力 shì lì eyesight　在電腦前坐太久，視力是會受影響。zài diàn nǎo qián zuò tài jiǔ shì lì shì huì shòu yǐng xiǎng

㉗ 放心 fàng xīn rest assured

▲ Grammar: "是" can be used to emphasize the previous statement.

1 用所給結構看圖完成對話

結構：A: 我擔心你每天都盯着電腦，眼睛會壞。

B: 在電腦前坐太久，視力是會受影響。

① 　A: 這個漢語夏令營挺貴的。

B: _____

②

A: 聽說香港的自然風景很獨特。

B: _____

③ 　A: 我覺得漢字很難。我總是記不住。

B: _____

④

A: 春節的節日食品很豐盛吧？

B: _____

2 用所給結構及詞語完成句子

結構：難道沒有電腦就不能學習、生活了嗎？

1) 難道電腦_____？（代替　學習）

2) 難道你在家裏_____？（發表　意見）

3) 難道你從來都_____？（做過　義工）

4) 難道你_____？（忘了　生日）

5) 難道你_____？（零食　不利）

6) 難道你_____？（詞彙量　增加）

3 用所給問題編對話

1) 你是什麼時候開始用電腦的？你是什麼時候有自己的電腦的？

2) 在學習和生活中，你經常用電腦做什麼？

3) 你每天花多長時間用電腦？你主要用電腦學習還是娛樂？

4) 你覺得電腦在哪方面最有用？

5) 在漢語學習方面，電腦能為你做什麼？

6) 電腦對你有什麼不好的影響？

7) 對於剛有自己電腦的低年級同學，你有什麼電腦使用方面的建議？
   你想提醒他們注意什麼？

4 用所給結構及詞語寫句子

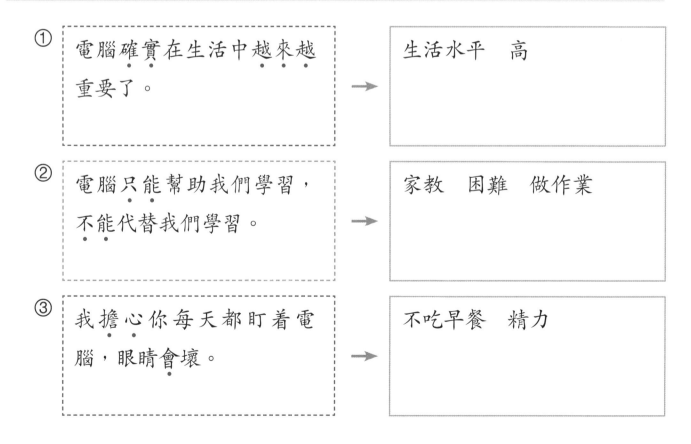

① 電腦確實在生活中越來越重要了。 → 生活水平　高

② 電腦只能幫助我們學習，不能代替我們學習。 → 家教　困難　做作業

③ 我擔心你每天都盯着電腦，眼睛會壞。 → 不吃早餐　精力

課文 1

我看到你們年輕人一天到晚都對着電腦。你們用電腦做什麼？

您可能不太清楚，電腦的用途可多了！不管在學習、生活還是娛樂方面，電腦都扮演着重要的角色。用電腦上網查資料，既方便又省時。用電腦打字、寫文章，又快又整齊。電腦還可以幫我改錯呢！

除了這些，你還用電腦做什麼？

我用電腦收、發電郵，上社交網跟朋友聊天兒、交流信息。我有空兒時會瀏覽網頁，看看新聞。我還喜歡在網上下載音樂、電影、遊戲等。

聽你這麼說，難道沒有電腦就不能學習、生活了嗎？

也不是。電腦只能幫助我們學習，不能代替我們學習。但是，電腦確實在生活中越來越重要了。

我擔心你每天都盯着電腦，眼睛會壞。

在電腦前坐太久，視力是會受影響。
您放心，我會提醒自己注意。

要求 和同學聊一聊自己常用電腦做什麼。

- 打字、寫文章
- 看電影、聽音樂、玩兒遊戲
- 收、發電郵
- 瀏覽網頁
- 查資料
- 上社交網聊天兒
- 上社交網交流信息
- 在網上下載音樂、電影、遊戲
- 在網上購物
- 在網上訂車票、機票

例子：

同學1：我做作業時經常上網查
　　　　資料，既方便又省時。

同學2：我每天都給朋友發電郵。

同學3：我從來都不看電視，我
　　　　有空兒時會上網看新聞。

同學1：我常常用電腦打字、寫
　　　　文章。電腦還可以幫我
　　　　改錯呢！

……

你可以用

a) 我對體育特別感興趣。我
　經常上網看體育比賽、體
　育新聞。

b) 我喜歡上網買東西。我在
　網上買過衣服、鞋、書等。
　網上買的東西比商店裏的
　便宜得多。

c) 我在網上訂過火車票和飛
　機票。上個星期我還在網
　上買了電影票。

d) 我現在很少去圖書館查資
　料。我想要的資料幾乎都
　能在網上找到。

生詞 2 🎧39

① 隨時 suí shí at any time ② 陪 péi accompany ③ 伴 bàn accompany 陪伴 péi bàn accompany

④ 身邊 shēn biān at or by one's side

我的"新朋友"隨時陪伴在我身邊，幫我做很多事情。
wǒ de xīn péng you suí shí péi bàn zài wǒ shēn biān bāng wǒ zuò hěn duō shì qing

⑤ 絡（络）luò hold something in place with a net 聯絡 lián luò contact ⑥ 按 àn press

⑦ 鍵（键）jiàn key (of a computer, piano, etc.)

如果想聯絡朋友，我只要按幾個鍵就可以了。
rú guǒ xiǎng lián luò péng you wǒ zhǐ yào àn jǐ ge jiàn jiù kě yǐ le

⑧ 發生 fā shēng happen ⑨ 立刻 lì kè immediately ⑩ 報道 bào dào report

⑪ 忘記 wàng jì forget ⑫ 照相 zhào xiàng take a picture or photo

⑬ 要是 yào shi if 要是……也…… yào shi...yě... if

要是我忘記帶相機也沒問題，它可以為我照相。
yào shi wǒ wàng jì dài xiàng jī yě méi wèn tí tā kě yǐ wèi wǒ zhào xiàng

⑭ 時刻 shí kè moment ⑮ 攝（摄）shè shoot 攝像 shè xiàng make a video recording

難忘的時刻，它可以為我攝像。
nán wàng de shí kè tā kě yǐ wèi wǒ shè xiàng

⑯ 鬆（松）sōng relax 放鬆 fàng sōng relax

⑰ 播 bō spread 播放 bō fàng broadcast

我想放鬆一下的時候，可以用它播放音樂、電影。
wǒ xiǎng fàng sōng yí xià de shí hou kě yǐ yòng tā bō fàng yīn yuè diàn yǐng

⑱ 算數 suàn shù count ⑲ 幫手 bāng shou helping hand

我需要算數的時候，它是我的好幫手。
wǒ xū yào suàn shù de shí hou tā shì wǒ de hǎo bāng shou

⑳ 字典 zì diǎn dictionary ㉑ 鬧 nào noisy 鬧鐘 nào zhōng alarm clock ㉒ 叫 jiào make

㉓ 按時 àn shí on time

每天早上它又是鬧鐘，叫我按時起牀。
měi tiān zǎo shang tā yòu shì nào zhōng jiào wǒ àn shí qǐ chuáng

㉔ 肯 kěn agree 肯定 kěn dìng certainly

你肯定早就猜出我的"朋友"是誰了吧？
nǐ kěn dìng zǎo jiù cāi chū wǒ de péng you shì shéi le ba

㉕ 智 zhì intelligence 智能 zhì néng intelligent 智能手機 zhì néng shǒu jī smart phone

㉖ 即 jí even if 即使 jí shǐ even if 即使……也…… jí shǐ...yě... even if

㉗ 依 yī rely on ㉘ 賴（赖）lài rely on 依賴 yī lài rely on

即使這個"好朋友"什麼事都會做，我也不應該太依賴它。
jí shǐ zhè ge hǎo péng you shén me shì dōu huì zuò wǒ yě bù yīng gāi tài yī lài tā

6 用所給結構及詞語完成句子

結構：要是我忘記帶相機也沒問題，手機可以為我照相。

1) 要是我忘記朋友的電話號碼＿＿＿＿＿＿＿＿＿＿＿＿＿＿＿＿＿＿。
（不用擔心　手機）

2) 要是你明天沒時間吃早飯＿＿＿＿＿＿＿＿＿＿＿＿＿＿＿＿＿＿＿＿。
（沒問題　帶）

3) 要是你不習慣用筷子＿＿＿＿＿＿＿＿＿＿＿＿＿＿＿＿＿＿＿＿＿＿＿。
（沒關係　刀叉）

4) 在學習漢語的過程中，要是遇到困難＿＿＿＿＿＿＿＿＿＿＿＿＿＿＿。
（沒關係　堅持下去）

7 小組活動

要求　在規定的時間裏寫出智能手機的功能。

智能手機的功能		可以用手機做的事
• 打電話	→	• 聯絡家人和朋友
•	→	•
•	→	•
•	→	•
•	→	•
•	→	•
•	→	•
•	→	•

116

8 用所給結構看圖完成句子

A 結構：每天早上它又是鬧鐘，叫我按時起牀。

①

營養師叫我……

②

足球隊長叫我們……

B 結構：即使這個"好朋友"什麼事都會做，我也不應該太依賴它。

①

即使電腦什麼事都會做，……

②

即使明天下雪，……

9 聽課文錄音填空

1) 如果想 ＿＿＿＿＿ 朋友，我只要按幾個鍵就可以了。

2) 要是我想知道世界上發生了什麼事情，它可以立刻 ＿＿＿＿＿ 新聞。

3) 要是我 ＿＿＿＿＿ 帶相機也沒問題，它可以為我照相。

4) 難忘的時刻，它可以為我 ＿＿＿＿＿ 。

5) 我想放鬆一下的時候，可以用它 ＿＿＿＿＿ 音樂、電影。

6) 我需要 ＿＿＿＿＿ 的時候，它是我的好幫手。

7) 我遇到生詞的時候，它可以幫我查 ＿＿＿＿＿ 、翻譯。

8) 每天早上它又是 ＿＿＿＿＿ ，叫我按時起牀。

我最近交了一個"新朋友"。它隨時陪伴在我身邊，幫我做很多事情。

如果想聯絡朋友，我只要按幾個鍵就可以了。如果想查電郵，我只要連上無線網就行了。要是我想知道世界上發生了什麼事情，它可以立刻報道新聞。要是我忘記帶相機也沒問題，它可以為我照相。難忘的時刻，它可以為我攝像。我想放鬆一下的時候，可以用它播放音樂、電影。我覺得無聊的時候，可以用它玩兒遊戲。我需要算數的時候，它是我的好幫手。我遇到生詞的時候，它可以幫我查字典、翻譯。每天早上

它又是鬧鐘，叫我按時起牀。

聽到這裏，你肯定早就猜出我的"朋友"是誰了吧？它就是我的智能手機。不用提醒我也知道，即使這個"好朋友"什麼事都會做，我也不應該太依賴它。

10 小組活動

要求　在規定的時間裏寫出家裏的家具和電器。

① 客廳

家具：

電器：

② 廚房

家具：

電器：

③ 臥室

家具：

電器：

④ 書房

家具：

電器：

11 小組討論

要求　比較智能手機和平板電腦在功能上的異同。

例子：

同學 1：智能手機可以照相，平板電腦也可以照相。

同學 2：……

功能	智能手機	平板電腦
照相	✓	✓

情景1　你想讓爸爸給你買一台新電腦。

例子：

你：爸爸，我覺得我的電腦太慢了。您能不能給我買一台新電腦？

爸爸：……

你：您能不能給我買一台最新款的電腦？

爸爸：……

你：您能不能給我買一台好一點兒的電腦？

爸爸：……

你：新電腦算是我今年的生日禮物，可以嗎？

爸爸：……

你：我們明天去買，行嗎？我現在的電腦太慢了，生活和學習都很不方便。

爸爸：……

你：那您什麼時候給我買？

爸爸：……

你：您這個週末就給我買，可以嗎？

爸爸：……

情景2　媽媽問你想要什麼生日禮物。你想要一部新手機。

例子：

媽媽：下個星期六是你的生日。你想要什麼生日禮物？

你：……

媽媽：你想要什麼樣的手機？

你：……

媽媽：那種智能手機很貴吧？大概多少錢？

你：……

媽媽：你為什麼喜歡那個牌子的手機？

你：……

媽媽：學生不需要買那麼貴、功能那麼多的手機。你覺得呢？

你：……

媽媽：那你出一半錢，我出一半錢，怎麼樣？

你：……

媽媽：我們明天先去商場看看，好嗎？

你：……

13 小組討論

要求　討論一下在日常生活中誰是你的好朋友。

例子：

同學 1：智能手機是我的"好朋友"。它每天都為我做很多事情。

早上它叫我起牀。我學習的時候用它查資料、查字典、翻譯。我想放鬆一下的時候用它播放音樂、電影。我還喜歡用它聊天兒、照相。我現在已經離不開它了。

你可以用

a) 姐姐是我的好朋友。我什麼事都跟她説。我們互相關心、互相愛護、互相支持。

b) 哥哥是我的好朋友。我們既是兄弟又是朋友。如果有難過的事，我一定會先告訴他。如果有開心的事，我也願意跟他分享。

c) 電腦是我的"好朋友"。我用它寫文章、查資料、上網聊天兒、看電影、聽音樂。

同學 2：我的狗是我的好朋友。牠每天都陪我看電視，陪我跑步，跟我一起玩。如果有不開心的事，我會跟牠説，牠會陪在我身邊。

同學 3：媽媽是我的好朋友。雖然她工作十分繁忙，但是她非常關心、愛護我。如果我遇到什麼麻煩，她會及時地給我幫助。

……

生詞 1 🎧41

① 日子 rì zi day
② 好像 hǎo xiàng seem
③ 報紙 bào zhǐ newspaper
④ 出口 chū kǒu exit

⑤ 派 pài dispatch　派發 pài fā dispatch
⑥ 有 yǒu one; some　地鐵站出口有人派發免費報紙。 dì tiě zhàn chū kǒu yǒu rén pài fā miǎn fèi bào zhǐ

⑦ 時事 shí shì current affairs
⑧ 政治 zhèng zhì politics
⑨ 漫 màn free; casual　漫畫 màn huà cartoon

⑩ 欄（栏）lán column　專欄 zhuān lán (special) column
⑪ 讀者 dú zhě reader
⑫ 攜（携）xié bring along　攜帶 xié dài bring along

⑬ 全面 quán miàn comprehensive
⑭ 標（标）biāo mark; sign　標題 biāo tí title; headline

⑮ 仔 zǐ tiny; trivial
⑯ 細（细）xì careful　仔細 zǐ xì careful
⑰ 篇章 piān zhāng articles

⑱ 反 fǎn reverse　反復（复）fǎn fù repeatedly

有些內容我只看大標題，有些會仔細讀，還有些篇章會反復閱讀。
yǒu xiē nèi róng wǒ zhǐ kàn dà biāo tí　yǒu xiē huì zǐ xì dú　hái yǒu xiē piān zhāng huì fǎn fù yuè dú

▲ **Grammar: Pattern: 有些 ..., 有些 ..., 還有些 ...**

⑲ 廣告 guǎng gào advertisement
⑳ 收費 shōu fèi collect fees; charge

㉑ 相比 xiāng bǐ compare with　跟收費報紙相比，免費報紙上的廣告有點兒多。
gēn shōu fèi bào zhǐ xiāng bǐ　miǎn fèi bào zhǐ shang de guǎng gào yǒu diǎnr　duō

▲ **Grammar: Pattern: 跟 ... 相比**

㉒ 唯 wéi only　唯一 wéi yī only
㉓ 擴（扩）kuò broaden　擴大 kuò dà broaden
㉔ 視野 shì yě field of vision

㉕ 增長 zēng zhǎng increase
㉖ 速 sù speed　速度 sù dù speed

看報不僅可以幫我擴大視野、增長知識，而且可以提高我的閱讀速度。
kàn bào bù jǐn kě yǐ bāng wǒ kuò dà shì yě　zēng zhǎng zhī shi　ér qiě kě yǐ tí gāo wǒ de yuè dú sù dù

㉗ 剪報 jiǎn bào cut out (useful information) from newspapers

㉘ 收集 shōu jí collect　我一看到好文章就把它剪下來，收集起來。
wǒ yí kàn dào hǎo wén zhāng jiù bǎ tā jiǎn xia lai　shōu jí qi lai

1 用所給結構及詞語看圖完成句子

結構：地鐵站出口有人派發免費報紙。

①  跑步　公園裏每天早晨都……

②  大吃大喝　春節期間總是……

③ 得　這次漢語考試……

④  考上　我們學校每年都……

2 用所給結構完成句子

結構：跟收費報紙相比，免費報紙上的廣告有點兒多。

① 跟坐飛機相比，坐火車……

② 跟數學老師相比，我們的漢語老師……

③ 跟西餐相比，中餐……

④ 跟台北相比，上海……

⑤ 跟電腦相比，手機……

⑥ 跟英語相比，我認為……

3 小組活動

要求 列出報紙為讀者提供的信息。

- 時事 ⋅ ⋅
- ⋅ ⋅ ⋅
- ⋅ ⋅ ⋅
- ⋅ ⋅ ⋅

4 採訪同學，向全班彙報

要求 調查你的同學對什麼感興趣，然後向全班彙報。

例子：

　　我問了十個同學。八個同學對體育運動感興趣。他們幾乎每天都做運動。兩個男生對網絡遊戲非常感興趣。他們用自己的零用錢（líng yòng qián）買了很多遊戲。……

	人數		人數
1) 流行音樂		10) 體育明星	
2) 古典音樂		11) 體育運動	正下
3) 時尚		12) 街舞（jiē wǔ）	
4) 國際象棋		13) 動漫（dòng màn）	
5) 手機遊戲		14) 攝影（shè yǐng）	
6) 網絡遊戲（wàng luò）	下	15) 旅行	
7) 社交網		16) 做義工	
8) 電視劇（diàn shì jù）		17) 閱讀	
9) 電影明星（míng xīng）		18) 其他	

課文 1

> 強強，你這些日子好像每天都看免費報紙。
> rì zi hǎo xiàng　　　　　　　　　　bào zhǐ

> 對。有一天，地鐵站出
> chū
> 口有人派發免費報紙。
> kǒu yǒu　pài fā
> 我接過來一讀，發現報
> 上有很多不錯的內容。

> 你一般看哪些內容？

> 我比較關心時事、政治，還
> shí shì　zhèng zhì
> 會瀏覽體育、娛樂、時尚方
> 面的新聞。報紙上的漫畫和
> màn huà
> 旅遊專欄也很有意思。
> zhuān lán

> 免費報紙為什麼受歡迎？

> 免費報紙方便讀者閱讀、攜帶，內容也非常全面。有些
> dú zhě　　　　xié dài　　　　　　　　　quán miàn
> 內容我只看大標題，有些會仔細讀，還有些篇章會反復
> biāo tí　　　　zǐ xì　　　　piān zhāng　fǎn fù
> 閱讀。但是，跟收費報紙相比，免費報紙上的廣告有點
> shōu fèi　　xiāng bǐ　　　　　　　guǎng gào
> 兒多。這是我唯一不喜歡的地方。
> wéi yī

> 你覺得看報對你有哪些幫助？

> 看報不僅可以幫我擴大視野、增長知識，而且可
> kuò dà shì yě　zēng zhǎng
> 以提高我的閱讀速度。我現在還養成了剪報的習
> sù dù　　　　　　　　　jiǎn bào
> 慣。我一看到好文章就把它剪下來，收集起來。
> shōu jí
> 我建議你下次坐地鐵時也看看免費報紙。

1) 你看報紙嗎？你一般看什麼報紙？你對哪方面的內容感興趣？

2) 你看中文報紙嗎？看哪份報紙？你看得懂嗎？

3) 你住的地方有免費報紙嗎？要是有免費報紙，你還會花錢買報紙嗎？

4) 看報對你有哪些幫助？

5) 如果在報上看到好文章，你會把它剪下來，收集起來嗎？

6) 你喜歡看雜誌嗎？喜歡看什麼雜誌？你對雜誌裏哪方面的內容感興趣？

7) 你喜歡看小説嗎？你看過中文小説嗎？請介紹一本你看過的中文小説。你會推薦朋友看這本小説嗎？為什麼？

tuī jiàn

8) 你看網上的文章、小説嗎？介紹一下你最近看的網上的文章或者小説。

你可以用

a) 我每天都看娛樂新聞，看有沒有新電影、新歌等。

b) 我最關心美食方面的內容，因為我愛做飯，喜歡嘗試做新的菜式。

c) 我的中文老師要求我們一看到好文章就剪下來，收集起來。

d) 我喜歡看小説，但我覺得中文小説有點兒難。我看一本中文小説大概要花一個月。

生詞 2 🎧 43

① qiáo 僑（侨）foreign national　huá qiáo 華僑 overseas Chinese

② wǒ měi ge shǔ jià dōu qù běi jīng 我每個暑假都去北京。wǒ yì fāng miàn shì xiǎng duō péi pei yé ye nǎi nai 我一方面是想多陪陪爺爺奶奶，lìng yì fāng miàn shì xiǎng xué hàn yǔ 另一方面是想學漢語。

> **Grammar: a) Pattern: 一方面 …, 另一方面 …**
> **b) This pattern means "on the one hand…, on the other hand…".**

③ quán 拳 fist　tài jí quán 太極拳 taijiquan　④ jiàn 劍（剑）sword

⑤ chǎn 產（产）produce　chǎn shēng 產生 produce; generate　wǒ duì tài jí quán hé tài jí jiàn chǎn shēng le jí dà de xìng qù 我對太極拳和太極劍產生了極大的興趣。

⑥ chén 晨 morning　zǎo chen 早晨 (early) morning　⑦ yí xià zi 一下子 all at once

⑧ qún 羣 a measure word (used for group, herd, swarm, flock); crowd　rén qún 人羣 crowd　⑨ mí 迷 be fascinated by

⑩ ràng 讓 a particle　wǒ yí xià zi jiù ràng yì qún dǎ tài jí quán de rén mí zhù le 我一下子就讓一羣打太極拳的人迷住了。

> **Grammar: a) "讓" can be used in a passive sentence.**
> **b) Sentence Pattern: Noun + 讓 + Doer + Verb + Other Elements**

⑪ lǎo nián rén 老年人 old people　⑫ qīng nián 青年 youth　qīng nián rén 青年人 young people

⑬ wài guó 外國 foreign country　wài guó rén 外國人 foreigner　⑭ fù 傅 teacher　shī fu 師傅 master

⑮ gēn 跟 from; to　tā men dōu zài gēn yí wèi shī fu xué tài jí quán 他們都在跟一位師傅學太極拳。

> **Grammar: Pattern: 跟 … 學 …**

⑯ jīng guò 經過 after; through　⑰ qín 勤 diligent　qín xué kǔ liàn 勤學苦練 study diligently and train hard

⑱ zhǎng jìn 長進 improve　dà yǒu zhǎng jìn 大有長進 improved a lot　jīng guò qín xué kǔ liàn 經過勤學苦練，wǒ de tài jí quán dà yǒu zhǎng jìn 我的太極拳大有長進。

⑲ lù 錄（录）record　lù xiàng 錄像 video　⑳ chuán 傳 transmit　shàng chuán 上傳 upload

㉑ yú 餘 sparetime　yè yú 業餘 sparetime　㉒ qiáng shēn 強身 keep fit by physical exercise

㉓ xīn qíng 心情 mood　liàn tài jí quán hé tài jí jiàn bù jǐn kě yǐ qiáng shēn jiàn tǐ 練太極拳和太極劍不僅可以強身健體，hái kě yǐ fàng sōng xīn qíng 還可以放鬆心情。

6 用所給結構及詞語完成句子

結構：最近幾年，我每個暑假都去北京。我一方面是想多陪陪爺爺奶奶，另一方面是想學漢語。

① 要是想有健康的身體，……

均衡　飲食　適量　運動

② 通過養寵物，我……

培養責任心　學會管理時間

③ 經過一個月的漢語短訓班，我……

提高　暸解

④ 通過讀報紙，他……

擴大　提高

7 小組活動

要求　寫出你們學校的課外活動。

① **體育運動**
- 游泳

② **音樂**
- 唱歌

③ **其他**
- 下棋

8 小組討論

要求 説一説今年你在哪些方面有長進。

例子：

學生 1： 我從小就學鋼琴。今年媽媽為我請了一位新鋼琴老師。她教得好極了，我學得也很努力。經過勤學苦練，我鋼琴彈得比以前好多了，還考過了八級鋼琴考試。

學生 2： 這個學期，我的漢語口語提高了不少。我的發音比以前準多了。

學生 3： 我籃球球技有了很大的長進。上個月我加入了學校的籃球隊。

……

9 聽課文錄音，回答問題

1) 她是在哪裏長大的？

2) 她為什麼每年暑假都去北京？

3) 在北京期間，她對什麼產生了興趣？

4) 在公園裏，她讓什麼吸引住了？

5) 她每天早上都去公園做什麼？

6) 她在博客上介紹什麼？

7) 她在網上分享什麼照片？

8) 她認為練太極拳和太極劍有什麼好處？

我是在美國出生、長大的華僑(huá qiáo)。最近幾年，我每個暑假都去北京。我一方面是想多陪陪爺爺奶奶，另一方面是想學漢語。在北京期間，我對太極拳(tài jí quán)和太極劍產生(chǎnshēng)了極大的興趣。

三年前的一個早晨(zǎo chen)，爺爺帶我去公園散步。我一下子(yí xià zi)就讓(ràng)一羣(qún)打太極拳的人迷(mí)住了。人羣(rén qún)中有老(lǎo)年人(nián rén)、青年人(qīng nián rén)，還有外國(wài guó)人(rén)。他們都在跟(gēn)一位師傅(shī fu)學太極拳。後來，我每天早上都去那裏學太極拳。我還跟那位師傅學了太極劍。

回到美國後我堅持打太極拳、練太極劍。經過勤學苦(jīng guò qín xué kǔ)練(liàn)，我的太極拳大有長進(dà yǒu zhǎng jìn)。我開了一個博客，介紹我學太極拳的過程和體會。我還把我拍的北京人晨練的照片和錄像上傳(lù xiàng shàng chuán)到網上跟朋友分享。

我覺得練太極拳和太極劍是很好的業餘(yè yú)愛好，不僅可以強身(qiáng shēn)健體，還可以放鬆心情(xīn qíng)。

10 小組活動

要求 新科技影響着青少年的娛樂生活。上網查一查，在沒有電腦、電視的年代，青少年的業餘生活什麼樣？他們玩兒什麼遊戲？

以前青少年玩的遊戲
• 下棋

11 模仿例子，編對話

例子：

你：你的興趣愛好是什麼？

同學：我從小就喜歡畫畫兒。水彩畫、
　　　油畫和國畫，我都畫得不錯。

你：你大學打算學美術專業嗎？

同學：對。我以後想當畫家。

你：你父母支持你這樣做嗎？

同學：開始時他們不太支持。後來……。
　　　你有什麼興趣愛好？

你：……

12 用所給結構及詞語看圖完成句子

結構：我一下子就讓一羣打太極拳的人迷住了。

①  表哥　借　她的自行車……

②  弟弟　吃　媽媽做的蛋糕……

③  堂弟　玩　那輛新買的玩具車……

④  別人　買　她想買的那條連衣裙……

13 用所給詞語寫句子

① 最近幾年　遊學
→

② 對……產生興趣　中國文化
→

③ 通過　瞭解
→

④ 經過　勤學苦練
→

⑤ 寫博客　分享
→

⑥ 長進　體會
→

14 口頭報告

要求 介紹你的新愛好。

例子：

我最近愛上了攝影。

去年生日，爸爸媽媽送了我一部數碼相機。去年暑假，我們一家人遊覽了中國的好幾個城市。我拍了幾百張照片，其中有一些非常漂亮。從此（cóng cǐ），無論去哪兒旅行，我都負責（fù zé）拍照。我會把拍好的照片上傳到社交網跟朋友們分享。我還會把其中特別漂亮的照片洗出來，擺在家裏。上個月，我拍的風景照在市裏的攝影比賽拿到了青少年組冠軍。我高興得不得了。

今年暑假，我們一家人要去張（zhāng）家界（jiā jiè）旅遊。我打算……

你可以用

a) 我最近愛上了騎馬。今年的學校活動週，我報名騎馬。雖然這是我第一次騎馬，但是我非常喜歡騎在馬上的感覺。

b) 最近，我喜歡上了圍棋（wéi qí）。今年春節，舅舅教我怎麼下圍棋。回到家後，媽媽給我買了一套圍棋，讓我練習。我還參加了圍棋俱（jù）樂部（lè bù）。

c) 我現在最喜歡彈吉他。我跟幾個同學組了一個樂隊。放學後我們經常一起練習。

張家界

鳳凰（fèng huáng）

內蒙古（nèi měng gǔ）

133

生詞 1 45

① shè qū 社區 community ② jīng yàn 經驗 experience ③ duàn 段 a measure word (used of a section)

④ lǎo rén yuàn 老人院 old people's home 老人院 = 養老院 ⑤ xíng dòng 行動 move about ⑥ bú biàn 不便 inconvenient

⑦ zì lǐ 自理 take care of oneself 老人院的老人有些行動不便，有些不能自理。

⑧ zhěng 整 put in order zhěng lǐ 整理 put in order ⑨ yī wù 衣物 clothing and other articles of daily use

⑩ má jiàng 麻將（将）mahjong 打麻將 play mahjong ⑪ tuī 推 push ⑫ lún yǐ 輪椅 wheelchair

⑬ shài 曬（晒）(of the sun) shine upon 曬太陽 sun bathe ⑭ jié 潔（洁）clean 清潔 clean

⑮ jiāo 嬌（娇）pamper 嬌生慣養 be pampered and spoiled ⑯ huór 活兒 work 幹活兒 do manual labour

⑰ hé 何 what; where; who

wǒ zài jiā bǐ jiào jiāo shēng guàn yǎng　bú huì gàn huór　suǒ yǐ kāi shǐ shí bù zhī dào yīng gāi cóng hé zuò qǐ
我在家比較嬌生慣養，不會幹活兒，所以開始時不知道應該從何做起。

⑱ chéng 成 achievement

⑲ jiù 就 complete chéng jiù 成就 accomplishment chéng jiù gǎn 成就感 sense of accomplishment wǒ fēi cháng yǒu chéng jiù gǎn 我非常有成就感。

⑳ gǎn shòu 感受 feel ㉑ guān chá 觀察 observe ㉒ gū 孤 lonely 孤獨 lonely ㉓ guān ài 關愛 love and care

㉔ yì 益 benefit gōng yì 公益 public welfare wǒ men qīng nián rén yīng gāi duō zuò gōng yì huó dòng 我們青年人應該多做公益活動。 ㉕ jīn hòu 今後 from now on

㉖ yì yì 意義 meaning zuò yì gōng shì yí jiàn hěn yǒu yì yì de shì 做義工是一件很有意義的事。 ㉗ tǐ yàn 體驗 learn through experience

㉘ tóng shí 同時 at the same time ㉙ huì 會 society shè huì 社會 society ㉚ gòng 貢（贡）tribute

㉛ xiàn 獻（献）offer gòng xiàn 貢獻 contribution zuò yì gōng ràng wǒ zài tǐ yàn shēng huó de tóng shí yě wèi shè huì zuò le gòng xiàn 做義工讓我在體驗生活的同時也為社會做了貢獻。

▲ Grammar: Pattern: 為 ... 做貢獻

1 用所給結構及詞語看圖完成句子

結構：做義工讓我在體驗生活的同時也為社會做了貢獻。

①

學中文　瞭解中國歷史
→ 在中國旅行讓我……

②

培養愛心　提高時間管理能力
→ 養寵物讓我……

③

瞭解時事　提高漢語水平
→ 看中文報紙讓他……

2 小組活動

要求　寫出你可以為老人院和老人們做的事。

為老人院做的事			為老人們做的事		
• 擦地	•		• 整理衣物	•	
•	•		•	•	
•	•		•	•	

3 用所給結構完成句子

① 老人院的老人有些行動不便，有些不能自理。

我們學校的學生，有些……

② 我在家比較嬌生慣養，不會幹活兒。

我在學校……

③ 通過做義工我體會到了幫助別人的快樂。

通過參加漢語強化班，我體會到……

④ 在做義工的過程中，我觀察到這些老人都挺孤獨的。

在學習漢語的過程中，我發現……

4 用所給問題編對話

1) 你在家嬌生慣養嗎？你在家一般幹什麼家務？

2) 你以前做過義工嗎？你第一次做義工是什麼時候？在哪兒？在做義工的過程中，你有哪些體會、感受？

3) 你明年想做義工嗎？你想去哪裏做義工？你想做什麼？每週想做多長時間？

課文 1 46

你有做義工或者社區服務的經驗嗎？
shè qū jīng yàn

最近一段時間，我在一家老人院做義工。
duàn lǎo rén yuàn

你主要做什麼工作？

那裏的老人有些行動不便，有些不能
xíng dòng bú biàn
自理。我幫他們整理衣物，陪他們
zì lǐ zhěng lǐ yī wù
打麻將，給他們讀報，還推着坐輪椅
má jiàng tuī lún yǐ
的老人出去曬太陽。除此之外，我還
shài tài yáng
為養老院擦地，做一些清潔工作。
yáng lǎo yuàn qīng jié

在做義工的過程中，你遇到了哪些困難？

我在家比較嬌生慣養，不會幹活兒，所以開始時不知道應
jiāo shēng guàn yǎng gàn huór
該從何做起。後來我慢慢學習照顧他們，非常有成就感。
hé chéng jiù gǎn

在做義工的過程中，你有哪些體會、感受？
gǎn shòu

通過做義工我體會到了幫助別人的快樂。另外，在
做義工的過程中，我觀察到這些老人都挺孤獨的。
guān chá gū dú
我們青年人應該多關愛他們，應該多做公益活動。
guān ài gōng yì

你今後還會繼續做義工嗎？
jīn hòu

我會堅持做下去。做義工是一件很有意義的事，
yì yì
讓我在體驗生活的同時也為社會做了貢獻。
tǐ yàn tóng shí shè huì gòng xiàn

情景　你想去老人院做義工。你去見老人院的院長。院長可能問以下問題。

1) 你是怎麼知道我們需要義工的？

2) 你為什麼想來老人院做義工？

3) 你寫申請信了嗎？我們需要兩位瞭解你的人為你寫推薦信(tuī jiàn xìn)。你打算請誰寫推薦信？

4) 你以前做過義工嗎？你有社區服務的經驗嗎？

5) 你以前組織(zǔ zhī)過什麼活動？你能為老人院做什麼？

6) 你一週想做幾次義工？一次想做幾個小時？

例子：

你：高院長，您早！非常感謝您抽時間見我。

院長：很高興你想來我們養老院做義工。你是怎麼知道我們需要義工的？

……

你可以用

a) 我是在免費報紙上看到你們招(zhāo)義工的廣告的。

b) 通過做義工，我希望學會管理時間，培養責任心和耐心。

c) 我寫了申請，昨天已經發給您了。我還印(yìn)了一份帶過來。

d) 我去年跟二十個同學一起在一家老人院做過義工。我們在那裏做了一個星期義工。

e) 我是學校慈善小組的組長。我組織過學校的義賣(yì mài)活動。

生詞 2 🎧 47

❶ 環保 *huán bǎo* environmental protection
❷ 成功 *chéng gōng* successful
❸ 配 *pèi* mix　配合 *pèi hé* coordinate

❹ 當天 *dàng tiān* the same day
❺ 素食 *sù shí* vegetarian diet
餐廳跟我們配合，當天只賣素食。
cān tīng gēn wǒ men pèi hé，dàng tiān zhǐ mài sù shí。

❻ 剛好 *gāng hǎo* happen to
❼ 趕上 *gǎn shàng* come across

❽ 地球 *dì qiú* the earth
週二剛好趕上"地球一小時"日。
zhōu èr gāng hǎo gǎn shàng dì qiú yì xiǎo shí rì。

❾ 關 *guān* turn off; close
❿ 掉 *diào* ...away

⓫ 電燈 *diàn dēng* electric light
上午九點到十點我們請學校關掉了所有的電燈和空調。
shàng wǔ jiǔ diǎn dào shí diǎn wǒ men qǐng xué xiào guān diào le suǒ yǒu de diàn dēng hé kōng tiáo。

⓬ 節 *jié* save　節能 *jié néng* save energy
⓭ 約 *yuē* economical　節約 *jié yuē* save

⓮ 塑 *sù* plastics　塑料 *sù liào* plastics
⓯ 一次性 *yí cì xìng* only once
⓰ 勺 *sháo* spoon　勺子 *sháo zi* spoon

⓱ 餐具 *cān jù* tableware
餐廳不提供一次性的塑料刀、叉子、勺子等餐具。
cān tīng bù tí gōng yí cì xìng de sù liào dāo、chā zi、sháo zi děng cān jù。

⓲ 回收 *huí shōu* recycle
週四和週五是垃圾分類回收日。
zhōu sì hé zhōu wǔ shì lā jī fēn lèi huí shōu rì。

⓳ 罐 *guàn* tin
⓴ 廢（废）*fèi* waste　廢紙 *fèi zhǐ* waste paper
㉑ 袋 *dài* bag
㉒ 玻璃 *bō li* glass

㉓ 將 *jiāng* a particle
同學們要將所有飲料罐、廢紙、塑料袋、玻璃瓶等分類放進回收箱。
tóng xué men yào jiāng suǒ yǒu yǐn liào guàn、fèi zhǐ、sù liào dài、bō li píng děng fēn lèi fàng jìn huí shōu xiāng。

Grammar: Sentence Pattern: Subject + 將 + Object + Verb + Other Elements

㉔ 滿（满）*mǎn* satisfied　滿意 *mǎn yì* satisfied
最讓我們滿意的是學校的垃圾比以前少了。
zuì ràng wǒ men mǎn yì de shì xué xiào de lā jī bǐ yǐ qián shǎo le。

Grammar: Sentence Pattern: 最讓 + Someone + Adjective + 的是 + ...

㉕ 隨手 *suí shǒu* conveniently
㉖ 舉（举）*jǔ* initiate　舉辦 *jǔ bàn* hold; run
㉗ 再用 *zài yòng* reuse

我們應該經常舉辦環保活動，讓同學們慢慢養成節約、再用、回收的好習慣。
wǒ men yīng gāi jīng cháng jǔ bàn huán bǎo huó dòng，ràng tóng xué men màn màn yǎng chéng jié yuē、zài yòng、huí shōu de hǎo xí guàn。

6 用所給結構及詞語寫句子

結構：同學們要將所有飲料罐、廢紙、塑料袋、玻璃瓶等分類放進回收箱。

①
體會　寫　博客

②
錄像　上傳　網上

③
作文　貼　牆上

④
好文章　剪　收集

7 用所給結構及詞語看圖完成句子

結構：一週下來，最讓我們滿意的是學校的垃圾比以前少了。

①

夏令營期間……

②

春節期間……

③

一個學期下來，……

④

高中快畢業了，……

8 小組活動

要求　寫出你們學校在環保方面做得不好的地方。

學校餐廳

- 提供一次性餐具，比如塑料刀、叉子和勺子
-
-
-
-
-

學生

- 不隨手關燈
-
-
-
-
-
-

9 聽課文錄音，回答問題

1) "環保週"活動辦得怎麼樣？

2) 上週一餐廳只賣什麼食品？

3) 上週二是什麼日子？

4) 上週二學校為什麼要關掉電燈和空調？

5) 平時餐廳提供什麼餐具？

6) 上週四和週五學生要做什麼？

7) 現在很多學生會自備什麼上學？

8) 為什麼應該經常舉辦環保活動？

上個星期我們在全校組織了一個"環保週"活動。這個活動辦得非常成功。

週一是"綠色星期一"——無肉日。餐廳跟我們配合，當天只賣素食。週二剛好趕上"地球一小時"日。上午九點到十點我們請學校關掉了所有的電燈和空調，讓同學們體驗沒有電的感受，認識節能環保的重要性。週三是無塑料日。餐廳不提供一次性的塑料刀、叉子、勺子等餐具。週四和週五是垃圾分類回收日。同學們要將所有飲料罐、廢紙、塑料袋、玻璃瓶等分類放進回收箱。

一週下來，最讓我們滿意的是學校的垃圾比以前少了，自備水瓶的同學比以前多了，隨手關燈、關空調的同學也比以前多了。我們應該經常舉辦環保活動，讓同學們慢慢養成節約、再用、回收的好習慣。

10 角色扮演

情景1 你建議班主任把每個月的第一個星期定為"環保週"。

例子：

你：我建議把每個月的第一個星期定為我們班的"環保週"。

老師：聽起來不錯。你有什麼想法？

你：星期一我們可以……

老師：星期二呢？

你：……

老師：星期三呢？

你：……

老師：很好。星期四呢？

你：……

老師：那星期五呢？

你：……

老師：我支持你。我應該怎麼配合你？

你：……

老師：沒問題。那我們從下個月開始組織"環保週"活動吧！

你：……

情景2 經過幾次"環保週"活動，同學們養成了一些好習慣。

例子：

同學1：我覺得我們班"環保週"活動的效果不錯。

同學2：對。我現在離開教室以前會先把燈、電扇和空調都關掉。

同學1：……

同學2：我現在自己帶玻璃飯盒、叉子和勺子，不用學校餐廳提供的一次性餐具了。

同學1：……

同學2：我每天都自備水瓶上學，很少買瓶裝水了。

同學1：……

同學2：我還在我家的廚房裏放了幾個回收箱，回收廢紙、玻璃、塑料等。

同學1：……

同學2：為了少用塑料袋，現在我去超市買東西時都會自備購物袋。

同學1：……

11 用所給結構完成句子

結構：週二剛好趕上 "地球一小時" 日。上午九點到十點我們請學校關掉了所有的電燈和空調，讓同學們體驗沒有電的感受。

① 今天剛好趕上 "綠色星期一" ——無肉日。學校餐廳……

② 今年媽媽的生日剛好趕上母親節。我和爸爸……

③ 你這次來香港剛好趕上過春節。我建議……

④ 我昨天去逛街剛好趕上商場大減價。我……

12 小組活動

要求 環保要從身邊的小事做起。小組討論怎麼才能把環保工作做得更好。

節約用水的方法	節約用電的方法	可以再用的東西	可以回收的東西
• 洗手時不要一直開着水龍頭 *shuǐ lóng tóu*	• 隨手關燈	• 玻璃瓶	• 廢紙
•	•	•	•
•	•	•	•
•	•	•	•
•	•	•	•

13 口頭報告

要求 自我反省(fǎn xǐng)，爭取在環保方面做得更好。

例子：

　　環保是每個人的責任，應該從我做起，從身邊的小事做起。

　　從今天開始，離開房間時我會隨手關燈、關空調、關電扇。我會注意不用或者少用一次性物品：購物時自備購物袋，少用塑料袋；外出時自備水瓶，不買瓶裝水。扔(rēng)垃圾前我會先把垃圾分類，將廢紙、塑料袋、塑料瓶、玻璃瓶等扔進回收箱。

　　相信我會慢慢養成節約、再用、回收的好習慣，在環保方面做得更好。

你可以用

a) 以前我在環保方面做得不太好，從現在開始我要更加注意保護環境。

b) 開空調的時候，我會關上房間的門和窗戶(chuāng hu)。我不會把空調溫度(wēn dù)開得太低。

c) 我會把舊衣服放進回收箱。

d) 我會節約用紙。我還會把看過的報紙、用過的練習本放進回收箱。

e) 我會將廚房垃圾和可以回收的物品分類。

回收

玻璃瓶　鋁罐(lǚ guàn)　廢紙　塑料

相關教學資源 Related Teaching Resources

歡迎瀏覽網址或掃描二維碼瞭解《輕鬆學漢語》《輕鬆學漢語
（少兒版）》電子課本。

For more details about e-textbook of *Chinese Made Easy,
Chinese Made Easy for Kids*, please visit the website or scan
the QR code below.
http://www.jpchinese.org/ebook